KB120827

새를 날리며

시작시인선 0435 새를 날리며

1판 1쇄 펴낸날 2022년 9월 16일
지은이 윤형근
펴낸이 이재무
기획위원 김춘식, 유성호, 이형권, 임지연, 홍용희
책임편집 박찬세
편집디자인 민성돈
펴낸곳 (주)천년의시작
등록번호 제301-2012-033호
등록일자 2006년 1월 10일
주소 (03132) 서울시 종로구 삼일대로32길 36 운현신화타워 502호
전화 02-723-8668
팩스 02-723-8630
블로그 blog.naver.com/poemsijak
이메일 poemsijak@hanmail.net

ISBN 978-89-6021-653-2 04810
    978-89-6021-069-1 04810(세트)

값 10,000원

새를 날리며

윤형근

천년의
시 작

두 번째 시집을 내고 32년이 흘렀다
한동안은 시를 쓰지 않고 살았다
그냥 잡식하듯 이것저것 내키는 대로 책들을 뒤적이거나
미술, 음악, 영화 작품들을 무분별하게 감상하고
자연과 환경에 관해 관심 갖고 산책과 여행을 하면서
한 세기가 넘어갔고 강산이 여러 번 바뀌었다
나의 게으름은 변명의 여지가 없지만
시대와 인생을 통찰하고 꿈꾸며
생각과 느낌을 정리하여 이 풍진 세상에 날린다는 것은
아직도 어쭙잖다
그래도 이제는 계속 앞으로 발을 내디디려 한다

이 시집의 4부와 5부 작품은 대부분
1990년대에서 2000년대 초반에 쓴 것이라
오래 방치된 정원처럼 낯설기도 하지만
또한 나의 지나온 삶의 한 부분이기에
차마 버리지 못하고 싣는다

2022년 여름
윤형근

차 례

시인의 말

제2부

제3부

8

제4부

제1부

수박 당분의 노래

지구는 날로 더워지는 열기에 뒤척이다가
자신을 닮은 초록 숲의 알을 낳았네
녹음으로 줄무늬를 그려 위장한 속에
팔딱거리는 태양의 심장을 빼다 박은 듯
목마른 나날의 열망은 붉게 익어 가네
흑점을 떼어 내 점점이 씨앗 뿌렸나
싹이 트고 인연의 덩굴손을 뻗거나
용의 수염을 퉁기며 비구름을 불러내듯
선홍빛 혀를 내밀어 달콤하게 휘감으며
짜릿하고 촉촉하게 내 입술을 적셔라
지구는 돈다, 수박 당분의 꿈을 꾸며
별똥별 무수하게 부딪고 헤쳐 나가다가
뒹구는 돌들과 부대껴 멍이 들더라도

이화梨花 명색名色

태양의 애무를 받은 배는
황금빛 찬란한 날도 있었으리
속살은 밤마다 달빛이 스며들어
하얗게 젖으며 익어 가고
지난봄에 백금빛으로 반짝이던
꽃잎 분분히 날아갔지만
세상의 금덩이에는 없는
사랑의 향기 스며 있으리
떠나간 사람은 이 달빛 아래
잠시 길을 접고 꿈을 꾸겠지
황금빛 추억은 흙색이 되어
꽃향기 날리던 나무는 밤이면
짐승이 되어 울부짖기도 하지만
때로 추억의 즙액을 뽑아내어
또 한 겹 나이테를 그리겠지

공은 튀다가

내 머릿속의 지구는 생각이 삐딱하여
원만하게 돌아가지 못한다네
공전 궤도를 자꾸 벗어나
혜성과 부딪치며 날로 탄성을 강화하여
리듬을 타고 오르며 허공을 울린다네

언젠가 네가 쏘아 올린 작은 럭비공은
해와 달을 부딪고 튕기다가 떨어져
여태껏 낯선 벌판에서 통통 튀고 있는데
어디로 가는지도 모르는 채
가장 긴 여행을 이어 가고 있다네

아직 못 부른 불멸의 노래를 찾아
구름은 비의 선율로 내려와 튀는 것
여태 못 해 본 최고의 사랑을 찾아
물은 흐르다 만나면 함께 승천하는 것
보이지 않는 손이 공놀이하듯

줄다리기

익은 벼는 고개를 숙이고
일생의 진자리 내려다보지만
저 위 볼 빨간 문제의 사과는
무슨 설렘으로 지난밤을 되새기는지
떠오르는 해가 살며시 쓰다듬을 때
가지를 박차고 튀어 오를 기세다
머릿속의 둥지에는 새가 지저귀고
우듬지가 하늘을 빨아들이는 아침
날갯짓하려는 새의 발목을 기어이
낚싯줄이 휘감아 바닥으로 당긴다
뿌리는 지질학자라 땅속으로 뻗으며
수맥을 찾고 흙 맛을 구별하지만
사과는 안간힘을 다해 버티며
솟구치는 자세로 줄을 팽팽하게 끌어
겨울이 지나도록 떨어지지 않는다
해를 닮은 작은 씨앗을 잉태한 채

염전에서

네가 지나간 곳에 무슨 흔적이 남았는지
한세상을 풍미한 너의 일과 사랑은
땀과 눈물로 얼룩진 손수건을 남겼지
너의 삶은 투명한 작은 물방울 같아
해가 뜨며 순식간에 사라진 줄 알지만
네 가슴에 출렁이던 열망과 더불어
바다에 뛰어들어 가뭇없이 합쳐졌으니
파도 밀려올 때마다 나는
두근거리는 네 가슴을 느끼고 설레
나의 갯벌은 깊은 입을 벌리고
혀를 휘감는 너의 언어를 맛본다
너의 땀과 눈물은 태양 아래 결정을 이뤄
새하얀 보석으로 반짝이며
나를 생생하게 살아 움직이게 하니

꽃 피는 시인

숲에서 시인은 길을 놓는다
바람과 나무 사이 피는 꽃 찾아
시인은 꽃잎 헤치며 꽃술로 다가가
향기를 끌어올려 뿜어내게 한다
바람이 꽃잎 떨구고 날리며
향기도 사방으로 퍼뜨린다

단어 한 알 콩알이 되어
땅속으로 굴러들어 싹트고
꽃 피고 열매 풍성히 맺혀
껍질 속에 옹기종기 모여 앉아
제멋대로 노래를 부르다가
꼬투리 잡히면 흩어져 달아난다
지상에 된장국 냄새 퍼지고

호수에 헤엄치는 시어 몇 마리
마음에 품고 나무가 잉태한다
잔잔한 목탁 소리가 풍경을 흔들고
땅속에 움츠렸던 냉이가 솟아난다
봄을 입에 물고 힘차게

>
꿈에서 깬 시인의 맨발
풀잎이 감싸고 길을 묻는다
시인의 집은 시가 아닌가?
저 멀리 퍼져 가는 너의 향기
이슬 굴러 빛나며 길이 떠오른다

새와 목어

하늘에 계신 이는 새가 분명해요
새는 절을 짓지 않아요
경을 외는 새의 청아한 소리는
구름 되어 부풀어 오르니
이는 하늘의 경전으로 펼쳐져
눈 맑은 이가 따라 읽지요

구름을 싸고돌던 번개가 번쩍
새의 독경 끝나면 범종이 울고
종소리는 흩어져 바람 타고 가지요
새는 삭도로 머리 밀지 않아도
독경하며 차츰 정수리 털이 빠져요
빛나는 민머리에는 어느덧 노을이 깔려
화염에 살과 뼈가 폭죽 터지듯 흩어져요
사리 몇 알 튀어나와 구름에 박히니
황혼을 머금은 눈동자 같아요

캄캄한 밤 장삼 걸친 구름 눈물지면
범람하는 지상에서 목어 우는 소리
들었나요, 함께 떨어진 사리들 모아

염주 삼아 꿰어서 목에 건 묵어는
휩쓸려 가는 물결을 거슬러 가지요
달빛이 출렁출렁 그 뒤를 따르고요

비 그친 연못 세상

소나기 한바탕 대지를 두드리고 지나간 오후
물소리 벗 삼아 축축한 숲길을 가네
잠시 숨죽였던 매미, 쓰르라미들 일제히 고개 들어
목청껏 소리를 내지르며 악을 쓰는데
아침 일찍 장에 간 어매는 언제 돌아올까
고갯마루에서 손차양으로 눈썹 그늘지게 하고
아무리 보아도 마을 어귀엔 땡볕만 쏟아지네

길을 내려가면 조그만 연못이 나를 불러
새끼들 등에 업고 헤엄치는 물자라의
아이 달래는 소리 들릴까 귀 기울이다가
멋진 무당춤을 뽐내는 물맴이에게 반하고
물 위를 쏘듯이 질주하는 소금쟁이는
기적처럼 시계 밖의 시간으로 날 이끄네
어매가 날 찾으며 부르는 소리 들릴 때까지

시인의 정원

죽은 시인의 정원에 봄이 오고
또다시 꽃이 피어나
마파람은 온기를 몰아오지만
석탑과 문인석 사이 나무 그늘에
하나둘씩 떨어지는 시간의 꽃잎들
주워다가 시집 책갈피에 끼우면
날개를 접은 나비처럼
페이지마다 꽂힌 꽃잎들은
각각의 시편에 향기를 깃들이니
시간 흘러 책 종이는 누렇게 변하고
꽃잎도 차츰 말라 부스러지지만
향기는 시어를 찾아 스며들었네
활자가 흐려져 알아보기 어려워도
향기는 계속 남아 시를 대신하네

어느 신의 뒤안길

도망치다 붙잡혀 온 흑인 노예처럼
옹송그리고 앉아 있는 헌 운동화 두 짝
기구한 인연의 포승줄에 묶인 한 몸으로
아파트 의류 수거함에 던져진 신세라네

몇 년을 걸어온 산과 들의 추억에 젖어
상큼한 흙냄새, 풀 냄새를 떠올리며
굳은살과 양말을 뚫고 뿌리털 내리듯
땀 흘려 나가던 탐험의 날들을 그려라
이슬을 차며 들떠 오르던 아침과
노을에 귀소하며 고개 숙이던 저녁

어제의 발은 오늘 묻어 버렸네
내일은 새 이름으로 발 뻗기를 꿈꾸며
난바다의 물결을 헤쳐 나가거나
어느 밀림의 진흙을 물고 구를지라도
지상에 날인하듯 남기는 발자국마다
풀씨가 날아와 안기어 싹트기를

김장 백서

내가 서재에서 『존재와 무』를 씹고 있을 때
밭에서는 배추와 무가 치열하게 자라고
나는 자유로운 존재로 선고되었지만
시간에 매이고 기계적으로 반복된 일에 치였지
벌레가 훑고 지나간 배추는 잎에 구멍이 송송
고라니가 무청 뜯어 먹은 무는 몽당연필 신세
존재의 결핍을 고춧가루와 마늘, 젓갈이 메워 줄지
아내가 배추와 무를 다듬고 목욕재계시킬 때
나는 흰 수염의 쪽파 옹을 벗기고 양념 버무리지
파 뿌리는 흙을 꽉 물고 뻗대다가 수염 뽑히고
보이지 않는 아내의 시선이 소금을 뿌리자
배추와 함께 숨이 죽어 겸손해진 나의 고개
절임 배추를 빨래 짜듯 비틀어 넘기면 아내는
잎잎이 양념을 바르고 무와 쪽파도 피범벅
너희 채소들 항상 양념에 대해서만 현존하리니
유순하게 익어서 배추를 벗어나야 김치로 서리니
반듯한 깍두기의 거드름도 파김치의 쏘는 맛도
자유롭게 부드럽게 신성한 몽상으로 익어 가리라

책벌레

버려진 책들이 사는 나라
피라미드에는 무거운 경전이
침묵의 붕대를 감고 몸져누웠다
거칠게 페이지 넘어가는 바람의 책들
노래 부르고 이야기 펼치고 구호를 외치는
활자들의 안간힘이 뭉게뭉게 피어올라
하얀색 노란색 초록색 온갖 애벌레들
꿈틀꿈틀 벽을 타고 내려와 양식을 찾느니
우리는 책벌레, 저마다 미색 영혼의 길잡이
시집 뜯어 먹고 노래하는 서정의 길
철학책 뜯어 먹고 명상하는 이성의 길
과학책 뜯어 먹고 깨우치는 각성의 길
오체투지 전류가 흐르듯 형형한 빛을 내며
벌레마다 책들의 공양으로 신들린 듯 춤추어
활자는 피가 되고 살이 되어 원기 솟는다
여기는 책들이 포효하는 나라
영생의 양식으로 통치하나니

발소리

바람은 창문 틈을 빠져나오며 무슨 신음하는지
유리창을 두드리다 날려 가는 마른 잎의 뒷모습
나는 난롯가에서 오래된 편지를 읽다가
먼바다 위 안개 속을 떠도는 너의 방랑벽을 생각하네
파도가 바람의 숙소를 찾아 출렁출렁 다가오듯
내 그림자 안으로 들어왔다 사라진 너의 숨결

밤이면 누군가 나의 숙소 주변을 도는 것 같아
새벽의 침실을 향해 닥치듯 울리는 발소리
달그림자와 박꽃 향기를 데리고 오거나
뜨거운 손길과 무인도의 꿈을 안고 오거나
사랑의 발자국은 나의 잠을 지켜 주렴
아니면 머나먼 유배지로 이끌어 가든지

고독한 산책자의 몽상
―수산리의 겨울

아름드리 둥구나무를 돌아 마을 회관 지나서
독일식이라는 하얀 집들 들어서 머리 내민
고갯길을 칸트의 걸음걸이로 선뜻 넘어가니
슬레이트 지붕 군데군데 부스러져 기울어 가는
외딴집을 노인 보행기 혼자 지키고 있네
건너편 밭에는 하우스 파이프 타고 오른 넝쿨에
매달린 다갈색 하늘마 신기해 냄새를 맡아 보네
풀 비린내에 진흙 덩이 막 주물러 내던진 모양
울퉁불퉁하고 제멋대로 생겨도 기세가 등등하네
짚 그루터기 줄지어 있는 논을 끼고 도는데
길가의 박주가리 녀석들이 어깨를 으쓱
손에 닿는 대로 열매를 따 호호 불면
영롱하고 신비로운 은빛 날개 솟아나
어린 새의 솜털 같은 씨앗이 날아오르네
두둥실 떠올라 어디로 여행을 가는지
새 터전을 찾아서 일가를 이루길 바라
빈 둥지 같은 폐가를 지나쳐 눈을 돌리면
산 아래 밭에는 냉이를 캐는 아낙네 있어
윤두서의 〈나물 캐는 여인〉을 떠올리다가
땅속의 꽃씨들 기지개 켜는지 안부를 묻고자

개울 살얼음을 발끝으로 톡톡 두드려 보는데
흙먼지 일으키며 덤프트럭 줄지어 내리 닥치네
흙을 싣고 달려오는 찻길 저편 언덕은 신축 공사장
산 깎아 낸 자리에 별장 주택들이 웅크린 채
움틀 준비 하는지 뒤척이는 것 같기도 해

갈 때는 말없이

갈대는 춤을 추네 아무 생각 없이
흘러가는 강물이 햇빛을 읽어라
송어의 번역은 점자로 떠올랐다가
물거품 가뿐하게 스러져 가네
억새는 고개 내밀어 긴 목을 뽑고
하구를 향해 시선 날리다 기우뚱

물새 하나 그림자 젖히며 날아간 곳
소리도 없이 나 그냥 가리라
쏘아 놓은 화살이 허공을 헤쳐 가듯
효시가 못 되고 과녁이 사라져도

제2부

그을린 사랑

그 시절 우리는 불장난을 쳤지
뜨겁게 타올랐던 사랑의 불씨
내 입술은 온 힘을 다해
그녀의 정기를 빨아들였고
처음에는 컥컥 목이 메더니
가슴이 뭉클하며 눈앞이 침침
한 줄기 영혼이 뭉게뭉게 사라지며
내 육신도 차츰 오그라들었지
공장에 다니며 실을 뽑던 청춘은
심장에도 굴뚝을 꽂고 별을 겨누었지
우리는 어둠 속에 반디로 떠올랐고
열정의 불길이 파고드는 밤 마지막 빛에
닳고 닳은 맹세와 함께 입술이 델 때까지
필터도 없이 나를 태운 첫사랑은
바닥에 재만 남기고 바람에 흩어졌지
그녀는 머리를 풀고 연기가 되어
꿈처럼 날아올라 어딜 갔을까?

무너진 극장

도어맨 밤의 문을 열어라
악사는 트럼펫을 불어라
중고차의 처진 머플러 소리를 내몰아라
나는 지금 캄캄한 지하 갱도에서
무거운 착암기를 손에 들고
부들부들 떨며 암벽을 노리고 있다
내 정신의 번뜩이는 경련이여
콩알만 한 청개구리 표본실을 뛰쳐나와
연녹색 신호등 깜박깜박
천하의 열구름을 찾아 부른다
화산 터지는 소리가 지축을 울리고
번개 속에 얼핏 스치는 너의 얼굴
너의 눈에 안개가 덮이고
목소리에도 두텁게 끼고
안개를 마시며 커지는 곤충들
헬기 같은 잠자리 떼 허공을 덮는다
로켓 맨 하늘을 쏘아라
마술사는 모자를 벗어라
토끼가 되어 모자 속에 숨어라
영혼의 나비 떼는 하나둘 눈이 멀어

라디에이터에 빨려 들어가
날개를 파닥이며 몸 뒤틀다 늘어지니
죽음이 정의하는 삶의 증거인가
빛나던 필라멘트 색을 잃어 간다

수선공

그이는 부서진 세상 고치며 살았네
교정의 한 귀퉁이 따가운 햇살 받으며
망가지고 기우뚱한 책걸상 손보는 동안
아이들은 매년 밀물처럼 왔다가
썰물처럼 빠져나가면 그만이지만
언젠가 기한도 되기 전에 주인 잃은 책걸상
운동장 철봉 옆에 망연자실 쭈그려 앉았네
한 해를 채우지 못하고 떠난 아이는
물살이 숨결을 빼앗아 가고
불길이 육신을 살라 버리고
바람이 영혼을 데려갔다네
그이는 홀로 남은 책걸상 쓰다듬다가
아이가 배우던 교실을 찾아가
주인 잃은 사물함 자물쇠를 떼어 냈네
몇 권의 교재 사이로 툭 떨어지는 볼펜은
며칠 전까지 아이의 손등을 타고 돌며
프로펠러처럼 날아오르는 꿈도 꾸었던가
그 꿈은 손댈 수 없이 부서져 침몰했으니

눈의 나라

1

언젠가 눈이 펑펑 쏟아지던 날
지상은 마을마다 쌓인 눈을
아이들이 뭉쳐다가 눈사람 만들어
어른들은 거기에 왕관 씌우고 용포 입혔지
배불뚝이 왕은 햇볕 쬘 때마다 녹아내리고
어른들은 헌데를 회반죽으로 때워 나가
눈석임이 눈물처럼 흘러도 끄떡없어
빛바랜 왕관과 누더기 용포만으로 살아 있어
누구나 눈의 제왕 경배하고 있으니

2

땅을 벗어나면 보이지 않는 길 있네
하늘을 날던 새들이 공중에서 몸이 얼어
눈발에 휩싸인 채 땅에 떨어져
눈과 함께 녹아 없어지거나
부스러져 묻혀 흙이 되었다는데
그놈들 아마 하얀 문조일 거야
새장을 탈출한 뒤 뜬구름 되어 떠돌다가
이렇듯 꿈처럼 백발 풀고 사라지다니

어머니의 풀

그 시절 어머니는 매주 고물상에 가서 헌책을 한 무더기
씩 사서 가져왔지.

개중엔 자기 몸에 손때 묻혔다고 만만한 독자 몇 명 눈알
빼 먹은 흉악범이 있다네.

세상을 뒤집겠다고 음모를 꾸미거나 사기 허풍을 친 놈도
발각되어 괘씸하다고

포승을 지운 책들은 팔리기 위해 시골 장터에 끌려 나온
닭처럼 꼬꼬 울다가 곧 포기하고 시무룩하게 쪼그려 있지.

책들은 떼로 묶어 저울로 달아 가격을 매기니까 어머니는
무도회장에서 갑옷 입은 것처럼 거추장스럽고 무게 많이
나가는 하드커버 싫어해.

두꺼운 종이로 된 그림책이나 작은 문고본은 아예 쳐다
보지도 않아.

낮짝 두꺼운 뻔뻔이, 옹졸한 좀생이들이라고 그랬던가.

튼튼하게 제본된 책도 굳이 필요 없어. 줄줄이 엮은 오라
를 끊자마자 하나씩 제본을 해체해 낱장을 쓸 거니까.

무슨 책인지 알 필요도 없어. 어차피 그것들 읽을 여유
없다고.

활자들이 앙알앙알 항의해 봐야 소용없지. 어머니의 손에 들어간 순간 소금 뿌린 배추처럼 풀이 죽어 조용히 묵념에 들어가면 그만.

풀 쑤는 게 먼저란다. 종이를 두 장씩 겹쳐서 가장자리 삼 면을 풀칠하고 붙이면 봉투가 되는 거야.

흥부와 충무공이 짝을 짓거나, 괴테와 톨스토이가 천생연 분으로 붙어 있기도 하지.

착하지도 용감하지도 못한 우리의 편력 시대, 우리의 부활은 삶의 어느 페이지에 있었던가.

어머니는 종이봉투를 구멍가게에 가지고 가서 팔아넘기고

가게 주인은 손님이 와서 자잘한 물건을 사면 거기에 담아 주지.

봉투마다 각각 조기나 열무 같은 것들의 바다 내음, 흙 내음이 스며드는 거야.

저녁 무렵 일용할 양식거리를 찾아온 주부들의 손에 멱살 잡힌 채 끌려온 어떤 종이봉투는 부뚜막을 차지하고 해찰하다 물에 젖어 가슴이 찢어지기도 해.

>

요즘은 가게에서 대부분 검은 입을 비쭉거리고 있는 비닐봉지를 쓰지.

이 녀석들은 툭하면 부스럭거리고 말이 많은 게 문제지만 종이보다 질기거든.

질겨야 살아남는 거야. 묵묵히 제 깜냥 다하는 인종은 무시해.

아 참, 호떡이나 풀빵 같은 것을 만들어 파는 사람은 지금도 종이봉투를 같이 써.

달덩이 같은 호떡을 먹다 보면 입가에 꿀물이 뚝뚝 흘러 옷이나 종이봉투에 떨어져 낭자하게 얼룩을 남기고.

붕어와 국화가 봉투 안에서 따끈따끈하게 사귀다가 철썩 달라붙어 인연을 맺기도 하지.

어머니가 만든 종이 굴 안에 들어가 떠난 것들 대부분 누군가의 살과 피가 되었지만,

궁기가 잔뜩 흐르는 집에 살림은 차츰 좀이 슬어 늘 허기졌던 제비 새끼들이 있어.

어머니는 식구들 입에 풀칠하기 위해 봉투를 만들며 손에 풀이 묻었던 거야.

>

　그 풀에 거미줄이 달라붙고, 추억이 달라붙고, 구름이 달라붙어 유구한 세월이 흘러갔던가.

　그렇게 지나온 종착역에서 어머니는 한 줌 가루가 되어 한지 유골함에 담겨 땅속에 묻혔지.

　아무도 종을 울리진 않았지만, 눈빛 축축해진 종이와 가루는 백자토 같은 흙이 되리.

구멍 난 집

집 안은 곳곳에 구멍이 송송
모르타르 발라 막아 보지만
두더지 게임 하듯 계속 뚫리어
생활이 출혈하듯 빠져나가는 길로
말벌들이 하염없이 스며드네
아침에 집을 나간 가족들이
나빌레라 꽃밭을 휘젓는 동안
은밀하게 침투하여 잠복하는 첩자들
밤늦게 지쳐 돌아온 가족들은
가구로 변해 조용히 가라앉고
벌 떼 소리에 나 홀로 두리번거리다가
방충모 쓰고 파리채 휘둘러 보지만
그들은 사라졌다가 어느새 나타나 을러대니
소리쳐도 이젠 가족 아무도 보이지 않아
어쩌면 땅벌처럼 땅속에 숨었는지
새벽이면 나비로 탈태해 나타나겠지만
말벌로 채워진 집 이제 떠나야 하는지

어제 읽은 책

한 줄의 시가
새가 되어 날아간다
표창처럼 날아가 달에 꽂히는 제비
하얀 날개로 해를 가리는 고니
하늘의 멱살을 움켜쥐는 보라매
구름은 새들의 말풍선으로 피어난다

하나의 문장이
길짐승이 되어 뛰어간다
귀를 쫑긋 세우고 산을 타는 토끼
방향도 모른 채 질주하는 치타
지축을 울리며 서둘러 가는 코끼리
숲은 온갖 소리를 머금으며 깊어진다

무거운 먹장구름이 하늘을 덮는다
한 줄의 시가 재갈이 물리고
날아가는 탄알이 새를 꿰뚫고 구름에 박힌다
불도저 소리가 숲을 뒤흔들며 난도질한다
하나의 문장이 굉음에 짓밟히고
씽씽 달리는 차에 치인 고라니는
포도에 새로 얼룩진 껌딱지로 포장한다

보이지 않는 너

너는 어디서 왔는가
내 앞에서 몸의 균형을 잃어
통나무처럼 쓰러졌을 때
부드러운 꽃과 풀로 감싸 주었어도
이 세계는 원심분리기
너무 빨리 돌아서 너는
바람에 꽃잎 날리듯 떨어져 나가
까마득한 저편으로 사라져 갔지

세상은 오리무중 가슴이 답답
숨이 막혀 비틀거릴 때마다 나는
내 심장의 숨은 스위치를 누르지
반짝이는 눈동자가 내 앞에 떠오르고
따뜻한 입김이 잠시 나를 감싸지만
악착같이 달라붙어 내 옷에 금이 가듯
아프도록 긴 머리칼

너는 어디에 있는가
구름 찬 문을 열 때마다
짜릿짜릿 너의 손길이 느껴지고

엔진에서도 분명하다 너의 심장이
나방처럼 펄럭이는 소리
진동이 내 심신을 흔들고
온 세계가 기우뚱
내 영혼의 미행성은 우주를 떠돈다

매미는 매미다

1
영악하지도 약삭빠르지도 못해
굼벵이라고 놀림받은 그들
어느 날 워커 신은 무리가 몰려와
포충망으로 휩쓸어 잡아갔지
나이깨나 먹어서 훈련소에 던져진 그들은
자식뻘 되는 조교들의 명으로 매미가 되어
나무줄기에 매달려 맴맴 울었지
팔 힘이 빠져 나무에서 떨어지면
물푸레나무 가지가 세례를 퍼부었네
허리도 허벅지도 맴맴 소리를 냈네
여름 한 철 지나 연옥에서 살아 나온 그들은
하루 막일하고 나면 삭신이 쑤셔
신음이 저절로 터져 나오지만
굼벵이볶음에 막걸리 걸치며 달래고
어쩌다 수당깨나 받으면 매미집을 찾았네
암매미는 벙어리라지 다소곳이
방석에 앉아 술 따르는 작부 아가씨
젓가락 장단에 흥타령이라도 부르면
소나기 목청은 시름도 씻어 낼 텐데

46

\>

2

지하에서 오래 도 닦은 수도승이지만
땅 파고 미장이 일도 잘하는 노동자라네
몇 년 만의 외출인지 적막강산 두드리듯
새벽 공기 마시며 지상으로 솟아 나와
안간힘 다해 나무를 타고 오르면
구각舊殼을 탈피하고 우화등선羽化登仙하네
나무줄기는 달콤한 젖을 빨게 하지만
개미, 벌, 파리까지 귀찮게 따라붙네
오줌 쫙 뿌리고 벗어나 새 샘을 찾아
노래 마음껏 부르며 세상을 진동하리
누가 뒤에서 대포를 날려도 안 들려
노랫소리에 마음이 동하여
매달리는 선녀 있으면 받아 줄 뿐
나무껍질 속에 알 낳게 하고
잠깐 왔다 가는 생인데 땅에 몸을 던져
개미들의 잔칫상에 오르거나
자기를 애호하는 어느 희랍 철학자의
시학이나 정치학의 구미를 당기거나

모기의 날

어미라고 봐준다 니나 나나
구름 같은 애들 키우는 처지라고
하지만 서방은 꿀 빠는 일이라고
채식만 하면서도 잘 사는데
너는 왜 남의 피를 그리 밝히는지
심야의 사이렌 소리 요란하게 티 내며
지친 꿈에 빨대 꽂고 빨간 단추 눌러
불안한 영혼을 시추하려는 거냐

─모기업이 부도가 났대요
공사 대금 하나 못 받고 쫓겨났어요
집 나간 애들은 고인 물 걸러 먹이 구해요
흐르는 물에 휩쓸리면 끝장이에요
쉼표 같은 번데기가 되어도 쉬지 못하고
헤엄치며 안간힘 써서 이력을 쌓아요
배 속의 아이들은 피가 부족해요
철분이 필요해요. 헤모글로빈을 찾아요
창백하게 메마른 아이들 때문에
밤마다 어둠 속에서 앵앵 울어요

>
암컷이라 차마 후려치진 않아
자칫하면 목이 날아갈 수 있기에
손가락 딱밤 한 대로 시늉만 했는데
긴 밤 지새도록 침상에서 농성하는지
붕대 감고 깁스한 너는 날지도 못해
목발 짚고서도 또 기웃거리냐
각설이타령 대신 '피가 모자라'
배 속 아이들 목소리로 노래하나

지구 별 찻집

군복 입은 신이 찻집에 뛰어든다
전투기 조종사라고 한 도시를 잿더미로 만든 덕에
가슴에 매단 황금빛 십자 훈장을 흔들며
자리에 앉아 큰 소리로 커피를 주문한다

가운 걸친 신이 찻집에 흘러든다
군의관이라고 부상병들을 수술하고 치료하다가
피 냄새, 마취약 냄새에 정신이 혼미하다며
자리에 앉아 나직한 소리로 커피를 찾는다

조종사는 시원한 아이스 아메리카노
군의관은 따뜻한 카페라테
투명한 의수義手가 원두 가는 소리를 동결하고
우유는 거품기에 맴돌리다 게거품 물어

은은한 커피 향이 공중에 뭉게뭉게 퍼지는데
천장에는 어제 폭격에 죽은 어린 소녀의 혼과
오늘 아침 병원에서 숨진 앳된 이등병의 혼이
향기를 마시며 신들을 내려다본다

흐린 하늘에 일기를 써
—2022년 3월 5·18 민주묘지에서

대낮 허공에 떠오른 것 모두
지나간 것만은 아니다
어젯밤 달이 떴던 자리에는
달뜨는 가슴을 짓누르는
무거운 가마솥 뚜껑이 있다
바람에 떠다니던 얼굴들이
면모를 일신하며 철판에 붙어
누구일까 서늘한 눈빛은
불그레한 얼룩이 번지며
톡 쏘는 맛이 코를 뚫을 듯
흐린 하늘에 스며든 것 모두
잊힌 것만은 아니다
언젠가 밤하늘을 날다가 그대로
천장에 못 박힌 듯 멈춰 있는
한 마리 철새가 전설이 되고
박제된 새의 노래가 튕겨 나와
귓바퀴를 삐걱삐걱 돌리지만
정작 흐린 하늘은 치기가 없다

인간 법정

여기 직립 인간이 확실하니 혐의가 있지
너는 한때 오랜 기간 신을 미행하였고
길을 잃고 머리가 없어진 뒤에는
신의 대리인 행세를 하며 권세 누렸다
너의 생은 가슴에서 배꼽 아래까지
급한 낭떠러지를 추락해 온 길이 증명해
네 어깨 위에서 사이렌 울리던 모기들과
네 뒤를 밟던 바퀴벌레들이 기소하였으니

너는 법 없이 사는 자유로운 이방인들을
신 대신 잡아들여 우리에 처넣었지
너의 패거리는 그들을 능지하여 요절내고
가슴에 구멍을 내어 파리가 쉬슬게 하였다
시위적인 공연으로 처형 무대를 꾸민 너는
분명히 이 극장의 요원으로 주역을 맡아
자유를 추방하고 희망의 목을 졸라
너의 신분과 권능을 과시하였으니

침묵

입 다물고 떠들어라
눈 돌리진 말아라
눈알 구르는 소리 요란하다
몽돌 해변에 자갈 구르듯
파도치듯 맥박이 뛰고
가슴이 울렁거려도 숨을 죽여라

배고프면 입 다물고 먹어라
세상은 눈으로 먹는 것
네 앞에 장벽은 아무것도 없다
가도 가도 끝없는 지평선뿐이니
네 영혼은 드넓은 초원에 갇히어
울부짖어도 소용없으니 차라리
입 다물고 네 안을 보아라

소리 없이 나무 하나 싹이 터 자라고
소리 없이 새들이 날아올라
먼 하늘에 둥지를 틀 것이다
침묵의 눈이 풍경을 소환하고
침묵의 향기가 생기를 불어넣으니

제3부

묵시의 시간

시곗바늘이 그녀의 가슴에 꽂혀 있네
나를 보고 두근대던 심장은 멈추었고
핏물을 뒤집어쓴 새 한 마리
상처를 헤집고 나와 구슬피 우짖네
눈물같이 내리는 비에 씻긴 은빛의 새는
그녀의 혼을 싣고 무지개를 넘어
만가 부르며 먼 하늘로 날아가네
그녀 목소릴 닮은 새의 노래 자취 남아

날이 저물며 피가 다 빠진 그녀의 가슴은
길을 묻는 곤충들의 숙소로 변하네
신혼의 파리들이 낳아 놓은 알 무더기에서
일군의 구더기들이 영양 섭취 포식을 하네
젖과 꿀이 가득해 기름기 좔좔 흐르던
예전의 그녀처럼 뽀얀 피부를 뽐내더니
어느새 팥알 같은 번데기로 변태하여
은빛 날개 달고 비상하는 꿈을 그리네

농부와 신

언제나 다정한 농부의 이웃이던 신은
어느 날 농장을 팔고 도시로 이사 갔다네
농부는 예전처럼 논에 모내기하고
밭에는 콩과 보리 심고 가꿨다네
그것들은 쌀밥, 보리밥으로 밥상에 오르고
콩은 삶아져서 메주가 될 것이네
아내가 메주 만드는 동안 밤늦도록
농부는 볏짚으로 새끼를 꼬네
안방 따뜻한 아랫목을 독차지한 메주들
윗목에서 아침에 눈 뜨니 새끼들이 사라졌네
메주를 매달 새끼들이 농가를 떠났네

그 새끼들은 쾨쾨한 메주 냄새가 싫어
뱀이 되어 시골을 벗어나 도시로 갔다네
귀신같이 신을 찾아낸 뱀들 반갑게 해후했네
부양가족이 생긴 신은 이제 더 바빠졌네
쥐를 찾아 개구리를 찾아 여기저기 헤맸네
그래도 양식 모자라 양계장에 가서
살처분 될 수평아리 뱀의 앞에 던져 줬네
어차피 갈리어 사료가 될 신세였어

신은 우울하게 주문을 외웠지

신은 낮에 주로 공장 가서 용접 일을 했네
철 가면을 쓴 신의 얼굴은 점점 잊혀 가고
신비한 푸른 불꽃으로 끊어진 것 붙이는 동안
땀방울은 어느새 붉은 녹물로 변해 흘렀네
날이 추워지고 가면 속에서 기침하던 신은
걱정하고 안쓰럽게 바라보는 뱀들을 재촉하네
양식 챙겨 떠나보내며 손 흔들어 주는 신
또다시 두 줄기 녹물이 흘러 땅에 떨어지네

이제 농부는 새끼를 꼬자마자 양 끝을 매어
메주를 결박하여 함께 기둥에 매달았네
하얀 곰팡이가 번지는 메주 냄새에 취해
새끼는 면벽 수도하는 듯 윤회를 꿈꾸네
농부는 오랜만에 신에게 편지를 쓰네
눈이 오면 아이가 태어날 거라고
겨울이 다 가도록 신은 답장이 없네

풀밭의 소동

땅을 울리듯 예초기가 요란하게 짖어 대고
칼날이 스칠 때마다 뎅겅뎅겅 잘려 나가
잠든 듯이 누워 있는 풀들
벌레들도 여기저기 튀어 가고 숨어 버려

한 차례 비 온 뒤 다시 와 보면
풀들은 어느새 자라나 발등을 덮는다
몸통은 감추고 꼬리 치는 강아지풀은
금세 무릎 위까지 쑥 뻗어 오르지만
개 꼬리 삼 년 두어도 황모 못 된다네
황모 붓이 있다고 일필휘지 명필 남기랴만

그사이 마천루처럼 우뚝한 수크령이
붉은 꽃이삭 다발로 뭉쳐 흔들어
위엄을 보이며 손짓으로 여기 주목!
눈 돌려 어린 풀들을 감찰하며
관현악 지휘하는 자세를 지어 보이다가
예초기 시동 소리에 흠칫 몸을 떠네

달팽이각시

1

풀각시를 곧잘 가지고 놀던 소녀는
어쩌면 우렁각시가 되었는지 몰라
신랑 끼니만 챙겨 주고 어디론가 사라지니
정말 뒤란 연못의 우렁이 속으로 들어갔는지
혹시 앞 개울의 다슬기 속에 반딧불이 아이가
엄지공주처럼 숨어서 인간 세상 엿보는지
각시 찾아 여기저기 기웃대던 신랑은
다시 방에 들어가 전대를 찾아 열어
배춧잎 같은 돈을 꺼내 침 발라 세지
어제 농장에서 거둬 오늘 팔아넘겨 번 돈
세고 또 세고 다시 계산하는 동안
정작 각시는 집 뒤 텃밭에 웅크려
배춧잎에 매달린 달팽이를 찾고 있었네
정체 들키면 놈은 뚝 떨어져 땅속에 숨는데
집을 지고 굴러가는 달팽이 뒤로
집 없는 서민 민달팽이도 따라가지
먹다 만 배추가 아쉬워 쩝쩝거리며
가장 빠른 걸음으로 엉금엉금
각시는 새 부리로 쪼듯이 집게로 물어

녀석들을 황무지로 유배 보내지
달빛 아래 각시의 세상은 이슬 내리고

2
배추 못지않게 상추를 좋아하는 각시는
오늘 저녁도 삼겹살 몇 점 구워 신랑 앞에 놔주고
자신은 풋고추에 된장 찍어 상추쌈 먹지
상추 한 장 집어 물기를 털던 각시의 눈에 띈
이파리 뒷부분에 악착같이 매달린 달팽이
능숙한 솜씨로 괘씸한 첩자를 처치하려다가
마침 가까이 있던 수조에 집어넣었지
기왕에 녀석이 먹던 상추도 줘 버리고
수용소에서 어떻게 사는지 두고 보잔다
다음 날 아침에 보니 녀석이 도망쳤네
멀리는 못 갔을 텐데 어디에 있을까
두리번거리며 찾아도 안 보이던 녀석이
불현듯 각시의 시선에 걸렸지
히말라야 암벽에 도전하는 등산가처럼
벽을 타고 천장 가까운 높이까지 올라간 녀석을
의자 위에 올라서서 기어이 잡았네

뿔을 내두르며 앙탈해도 그녀 손아귀를 못 벗어나
녀석은 다시 수조에 입소해서 상추로 칼을 썼네
이제는 뚜껑까지 덮어 출구를 막았는데
간밤에 녀석은 귀신같이 또 달아났네
정말 완전히 사라진 듯 종적이 묘연하던 녀석은
어느 날 마법 부리듯 각시의 꿈속을 침범했네
느긋하게 그녀의 발등 위에 오른 달팽이는
정강이를 지나 산등성이 같은 무릎을 넘고
점점 자기 집을 키우며 뿔 겨누고 진격하네
틈틈이 질펀하게 허연 진액까지 흘리니
비릿한 냄새와 함께 *끈끈하게* 번지어
사타구니가 흥건해도 그녀는 꼼짝 못해
신랑은 저편에서 태평하게 코를 고네
각시는 꿈속에서 차츰 달팽이의 집에 갇히는데

나의 허당 농사

고라니가 싹을 죄다 뜯어 먹고
멧돼지가 뿌리째 뽑아 버려
요절난 고구마와 감자
목이 메고 가슴 답답한 것들에다
깍두기로 행세 한번 못 해 보고
무상하게 비명에 간 무와 알타리
잎이 뜯겨 나가고 성장판이 닫힌 채
비실거리다 쓰러진 옥수수 일 개 소대
덩굴 뻗으며 열렸던 앳된 호박들은
다 어디 갔나 아담하게 자라더니만
잔해를 처리할 일만 남았구나

고라니가 냄새 싫어해 얼씬 않는다는 말에
들깨씨만 잔뜩 뿌렸다가 옮겨 심었는데
잎 뒷면에 분가루처럼 뒤덮은 놈들은
아까시나무를 강타한 백색테러 집단이군
잘 뵈지도 않는 작은 벌레들을
칫솔질로 치석 긁어내듯 제거해야 하나
황갈색 벌레가 설치며 다니기도 하더니만
군데군데 잎을 갉아 먹거나 미라로 만들고

노랗게 시들어 쭈글쭈글 쪼그라진 꼴이란
이놈들 무슨 명문가 명나방 애벌렌지
철부지 응애나 쩨쩨한 노린재 나부랭인지
알량한 것들과 시비하기 힘들구나

그나마 들깨는 멀쩡한 놈도 있어
그중 나은 편이라고 마음 달래지만
줄초상 났다고 대부분 몰살당했다고
식물도 장례 치러 주나
막걸리 한 대접에 조침문은 못 되지만
조사弔詞랍시고 읊어 보는데
살자고 기를 쓰고 먹어 대는 짐승들이나
지구의 최강자 곤충들이나 어쩌랴
그래도 봄은 요란했고 여름은 뜨거웠으니
새소리, 풀벌레 소리, 고라니 소리도
이 황야에서 멋대로 초목들과 어우르니

토끼송

어릴 적 시골에서 기르던 하얀 토끼
매일 토끼풀, 씀바귀 뜯어다 주면
소리 없이 오물거리는 입이 귀여운
부드러운 털의 감촉이 좋았던 토끼
어느 날 나가 놀다 와 보니 가죽이 벗겨져
바람벽에 걸린 지도가 남았네
살은 고깃국이 되어 허기를 달래니
닭고기 맛이라고 쩝쩝 입을 놀렸지만
쫑긋거리던 귀만 안테나로 솟아난 듯
토끼같이 순한 이웃 소녀가 도시로 가고
토끼같이 노래하던 바니걸스가 은퇴하고
두 귀를 잡아당겨 토끼 끌어 올리듯
보충수업 시간에 땡땡이치다 걸려서
홍콩 구경 귀 당기는 벌 받았지
진짜 토끼 귀로 변한 친구는 앞으로
절대 토끼지 않겠다 맹세하고 결국엔
엽기토끼로 성형했단 소문이 들리더군
쓸쓸히 〈달나라에 사는 여인〉 영화를 보며
마리옹 코티야르가 뛰쳐나간 길을 엿보다가
가죽 지도 남기고 내비게이션도 없이 떠난 너는

달나라에 잘 가서 떡 케이크 만든다는데
방아 찧는 소리 톡톡 튀어 오르듯
귀를 세우고 톡이라도 주고받으련만

나무 교향시

내 귀는 나무껍질
좀 벌레 파고드는 소리 심란해
먼저 들어온 척후병 수컷의 신호에 맞춰
앳된 암컷들 살금살금 따라온 뒤
부부가 몸 악기로 연주하는 교향시에 빠졌지
황홀한 중에도 나는 수액을 끌어올려
피부의 상처를 씻어 내려 하지만
가지 위 돌아온 쇠박새가 솔방울을 쪼아 대
옆에서 톱질하며 다가오는 소리를 놓쳤지
흰개미들의 북소리 멀리서 들려올 때
알에서 막 깬 애벌레들 스멀스멀 기어 다니고
샛바람에 움츠리며 가지 부들부들 떨려
어느새 푸른 바늘잎은 갈색으로 변해
하나둘 떨어져 땅속에 묻혀 버리네
내 안의 온갖 흐름이 멈칫하며
거품 꺼져 가는 소리 아련하다

눈물로 쓴 시

흰 수염이 나를 헷갈리게 했지
산타 분장 같은 털 잘라 내니
너는 오렌지빛 팽팽한 청춘
너를 벗기며 나는 코가 싸하고
눈물이 쏟아져 앞을 가렸지
매끈한 백옥 피부에 닿는 손끝이
겨울을 관통한 듯 싸늘하지만
수묵화처럼 스며드는 밤
너는 전구 같은 환한 빛으로
차츰 따뜻한 온기를 품기 시작했지
내 두 손이 네 몸을 감싸며
손가락 사이로 빠져나오는 빛을
무딘 시선이 어찌 따라잡으랴만
떨어지며 내 손을 적시는 눈물은
세상에 짠맛을 더하리
네 살의 톡 쏘는 맛도 간이 배면
따뜻한 감미로 익어 가리
더 이상 벗기지 않아도
살은 이제 투명하지 않으니

하루살이의 춤

눈이 피로한 석양
이 마당에 뵈는 게 없구나
귓전에 앵앵거리는 소리만
심사를 어지럽힐 뿐
안경을 쓰면 비로소
늙은 하루살이들 여기저기
정신없이 날아다니는 게 뵈는군
생의 마지막 날 하나 먹지도 못한 채
떼 지어 춤을 추기 시작하네
짝 찾아 후손을 남기려 아등바등하다가
어느덧 황혼이 기울어 버렸지
안경을 벗으면 모두 사라지고
소리도 차츰 멀어져 가는데
서재에 들어서 다시 안경을 쓰니
책을 펼치자마자 활자들이 날개를 달고
하루살이 되어 날아올라 원무를 추네
세상을 붉게 물들이는 안간힘이여
여백만 남은 책을 감싸는데

파리 영가

아무리 파리 목숨이라도 무릎 꿇지 않는다
영혼을 구걸하지 않는다
너희들의 폐기된 육신과
쏟아 낸 분뇨를 치우며 욕먹고 살았어도
세상 잔해는 모두 우리 손에 곱게 스러졌다
예술도 모르고 영원을 꿈꾼다며 너희는
죽어서 빠져나온 분비물의 지독한 악취와
분해되지 않는 불멸의 쓰레기만 남길 뿐
언젠가 신천옹을 타고 떠나간 시인의 연인
뺨치는 절색 미모 우리의 금파리도 한때
진흙 속의 연꽃처럼 장엄한 폐허의 꿈이 되어
투명한 레이스 날개를 활짝 펼치고
톱스타로 현란한 조명을 받았느니
구차하게 빌어먹지 않은 우리 일족
쌀알 같은 새끼들 나날이 번성하도록
간절히 기도하는 거다
섭리가 우리를 인도하리라

탁목조啄木鳥

숲속의 적막을 깨는 나무의 방문객
노크 소리에 가지가 기척을 하지

미국 만화에서는 방정맞게 목을 뽑아
의기를 뽐내듯 웃어 젖히며 달리는 너

부처의 세상에서는 목탁을 두드려
골짜기에 천수경이 퍼져 흐르지

너의 날개가 하늘 높이 날아오를수록
머리는 점점 번뇌에 젖어 무거워지고

내 정신의 지진계 바늘이 흔들릴 때마다
나는 상념의 머리털을 뽑아 날렸지

네가 양식을 찾아 허공과 치고받는 동안
나는 독수리 타자법으로 일기를 쓰네

나무 안에 두근두근 울리는 심장 소리는
벌레들의 한살이와 무슨 인연이 닿을지

내 머릿속의 고양이

담장 위를 소리 없이 사뿐사뿐 걷다가
지붕으로 뛰어올라 아래 세상을 살피는 고양이
집안 식구들이 모두 귀가한 저녁이면 생쥐들은
밥상 냄새와 함께 퍼지는 일상 사연을 엿듣고
일꾼들과 논밭을 들쑤시고 온 수다쟁이 참새들은
오늘의 수확을 자랑하며 들녘 소식을 주고받다가
모두가 고양이의 식탁에 모여 메뉴를 펼치네
꼬물거리는 밤말과 파닥이는 낮말 모두 싱싱한지
고양이는 식성에 맞는 비밀만 골라 꿀꺽 삼키고
혀를 내두르다가 오만하게 트림하더니
끓어오르는 소리와 함께 날렵하게 몸을 날려
내 머릿속으로 뛰어들어 묵은 털을 정리하네
언젠가 네가 가진 비밀의 그림자 남기고 떠나면
쥐들은 내 영혼을 물어뜯고 새로운 방랑에 나서리
새들은 내 육신을 쪼아 삼키고 하늘 높이 날아가리

겨울 길

청명한 냉기가 하늘을 찌르던 겨울 아침
선선히 일출과 함께 일어나 집을 나선 사람
설피도 신지 않고 눈 쌓인 숲속으로 향했네
그는 지금 어디에 다가가고 있을까?
떠나간 그가 지난가을까지 메고 다니다가
벗어 놓은 지게가 하늘 한 귀퉁이를 지고
작대기에 기대 버티고 있는 듯 산에는
온통 매달린 잎 다 떨구고 헐벗은 것들
언젠가 오두막 세우고 불 피워 밥을 지으며
나무 사이로 명상의 발자취 남겼지만
낙엽은 흔적을 덮고 썩어서 흙이 되었네
그가 떠나간 길에 발자국도 어느새
고라니, 산토끼의 어지러운 발길에 흐트러져
어쩌면 그는 깊은 산속 어느 등성이에서
가볍게 열구름 잡아타고 날아올랐을지도
어떤 구름은 새털로 덮여 포근한데다
정신적 기상까지 용솟음쳐 쏘아 보낸다는데
세상에 지게 하나 남겨 놓은 채
겨울의 끝으로 떠나간 사람을 기억하네

새 나라의 초병

새 나라의 지킴이는 해가 져도 팔팔해요
황혼에 선 부엉이가 지친 해의 낮에 탈 씌우고
흐느끼듯 주문을 외워 어둠을 불러온 뒤에는
유격 훈련으로 다져진 강철 체력의 올빼미가
철학자가 되어 명상의 시간을 깊게 새겨요
여명의 빛이 희붐하게 스며들기 시작하면
선명하게 붉은 볏 높이 세운 수탉의 고함이
동트는 계족산 천지에 진동하지요
잠 덜 깬 새벽이 냉큼 일어나 달려오고
눈 비비며 엉두덜거려 보지만
수탉의 부릅뜬 눈을 보면 기가 죽어요
새 나라의 초병들은 하늘의 전령
밤에도 눈을 크게 뜨고 세상을 지켜봐요

새를 날리며

밤의 문이 열리면
은빛 거울의 벽이 바짝 다가와
거기에 비친 나의 얼굴은
표정을 알 수 없이 윤곽조차 흐리구나
엑스레이에 찍힌 듯한 흉흉한 가슴을
겨우 버티던 연약한 뼈들이
흔들리다 조금씩 무너져 내리며
먼지가 풀풀 일어나고
잿더미 속에서 새소리 들려오네

나는 가슴 속에 손을 넣고
손에 잡히는 따뜻한 몸뚱이를 꺼냈지
손을 펴면 곧장 날갯짓하며 날아올라
새소리는 내 귓전을 계속 두드리고
나는 다시 가슴에 갇힌 새를 풀어 주지
날리면 새는 또 생겨 내 손 차츰 뜨겁고
이제 가슴뼈는 부스러져 재로 가라앉지만
그 안에서 끊임없이 새로 태어나는 새들
한낮의 욕망이 가두고 묻은 것인지
타협의 울타리를 뛰쳐나가는 날개들

\>

나는 불현듯 거울을 깨뜨리고
새들 날아간 쪽으로 달리기 시작해
한 손으로 여전히 가슴을 열어
새를 꺼내 훌쩍 날려 보내며

제4부

사계의 수채화

문門

문을 그린다

네 마음에

시들지 않는

네 마음의 풀잎에

새로운 문을 그린다

두드리면 열리거니

비로소 나를 맞는

오솔길이여

새들의 노래를 닮은

경쾌한 리듬으로

길은 시내를 따른다

물 흐르는 대로

길도 흐르는 법이니

새소리에는 새소리로

물소리에는 물소리로

기꺼이 화답하며

굽이굽이 나아가리

구름은 나의 독본

무지개는 나의 경전
내가 읽은 것은 모두
물에 녹아 흘러간다

봄비
봄비 속에는 불씨가 있다
계절의 배달부가 전하는
색색의 꽃 봉투마다
툭툭 터져 나올 불꽃의 사연들
느낌표처럼 내리는 봄비는
나뭇가지마다 연둣빛 마음을 전하고
구름과 비의 춘정으로 피어나는
봄 뜻은 새 세상의 밑그림을 그린다
봄비를 마시고 자라는 만물은
촉촉한 입술마다 풀피리 물고
움츠린 날개를 펴며 고개를 치켜든다

하얀 집
나비 떼 날아간다

조그만 하얀 집

아궁이에 군불을 때면

굴뚝에 모락모락 연기 솟고

나는 따스운 온돌에 누워

밖의 소리에 귀 기울이며

봉창에 비친 햇살을 받으며

나비처럼 가볍게 떠오른다

대청마루에 앉아

풍월을 읊는 사람과

툇마루에 걸터앉아

노래를 부르는 사람도

나비 떼에 휩싸이는

조그만 하얀 집

늘 꿈속에만 있는

아담한 초가집

연기 속에 꽃잎 날린다

내 마음의 홀로섬

사람의 자취가 깃들지 않아도

우물에 목을 축이고 우짖는

물새의 소리에 화답하여

너른 품을 열고, 알을 품어라

비가 전하는 하늘의 소식과

파도가 전하는 바다의 사연에

귀 기울이며 바람을 덮는 섬

내 마음의 화산섬은

게와 거북이 태어나 놀다가

해감내 따라 떠나면

분화구에 어린 추억의 온기를

떠올리며 꿈의 불꽃을 피운다

책은 나의 마당

생각의 집을 포근하게 감싸는

책은 나의 마당

식구들은 멍석을 깔고 모여 앉아

긴 이야기를 나누거나

맘껏 노래를 부르다가

출출하면 밥상을 차린다

허기는 좀처럼 가시지 않지만
책은 늘 맛난 먹거리를 준비하고
계속 새 손님을 불러들인다
울타리는 찬바람을 막아 주어
아늑한 화기 속에서 엿보는
사립문 밖의 여러 갈래 길
언제나 읽다가 몽상에 빠지는
책은 나의 그리운 마당
옹색한 주공 아파트 구석에 박히어
지워진 고향은 어디인지
마당 한복판 멍석에 누워
별을 헤아리다 잠에 취할 때
책은 다시 긴 꿈을 펼치리니

절을 찾아서
이름 모르는 절을 찾아서
사람 없는 길을 간다
구름 속 깊숙이 들어가며
종소리 은은하게 들려오는 듯

내 몸은 점점 녹아든다
아무도 이름 모르는 절은
멀고 아름다운 길 위의 명상
종소리는 심장의 박동을 닮아 가고
구름은 녹아 서러운 땅을 적시지만
나는 녹아 무슨 무늬가 될까

나귀를 타고

나귀는 운다
고달픈 나귀는
비가 무겁게 내리는 길
절름발이 내 영혼을 싣고
어디로 가는가
험한 산길을 돌아
진흙밭을 비척거리다가
어느 고승의 사리탑을 기웃대며
날이 저물어 간다
허투루 휘날리는 잎새처럼
품속의 애벌레를 꺼내 던지며

하염없이 떠나가라
나귀가 울다 주저앉을 때까지
땅에 눕지 않으리
발자국도 놓지 않으리

마음은 집시
나는 집을 짓지 못하리
모랫길을 헤매다가
물 한 모금으로 목을 축이거나
가없는 바닷가에서
조개껍데길 줍고 신기해하거나
머리 둘 곳은 어디인가?
집은 바람 속의 신기루라
나는 결코 짓지 못하리
낮에는 오막살이
밤에는 커다란 궁전을
그리고 또 지우나니
이제 황혼의 산그늘로 귀소하여
모닥불 피우고 춤을 추어라

맨발로 대지를 휘저을 때
미완의 집들은 생겨나고 부서지며
주춧돌만 여정으로 남으리

갯바위
내가 갯바위였다면
물소리에 귀를 열어 인적을 끊고
파도에 씻기어 늘 새로울지니
갈매기 날아와 춤을 추리
내가 아낌없이 인생을 버리고
바닷물에 흠뻑 취해 이름 없이
푸른 갯바위로 오롯이 자란다면
저녁노을만이 나의 후원자
내 그림자를 끌고 가리

새로운 해
종소리 울려 퍼져라.
낡은 해는 가고
새로운 해가 달려온다.

햇빛만이 우리의 양식이라면
모두가 마음껏 먹으며
더불어 생을 누리리니.
아무도 남을 엿보지 않고
자유롭게 흠뻑 마시며
식물처럼 자라리니.
햇빛만이 우리의 꿈이라면
자유롭게 싹을 틔우고
산소 같은 사랑을 내뿜어
서로가 서로에게 꽃이 되리니.
이제 창을 열고 심호흡하며
새-해는 뭉클 떠올라라.
온갖 얼룩과 앙금을 걷고
해맑게 낯을 씻으리.

야상곡夜想曲

바람

바람은 어두운 숲을 떠돈다. 감출 것도 모아 둔 것도 하
나 없이 바람은 얻는 대로 쓰고 빈 마음 그대로 생의 무늬를
그린다. 맨발이 더듬는 길의 노래와 흘러내려 흙 속에 스며
드는 땀도 푸른 이끼로 얼룩이 지고. 부은 다리를 끌고 바
람은 나무들을 사열하며 가지를 흔들고 잎새를 나부낀다.
노을빛이 찾아들면 바람은 흐르는 계곡물에 발을 담그고,
숨죽인 채 명상에 잠긴다. 세상의 모든 빛나는 침묵이 어둠
속에서 별로 떠오를 때까지.

달

향을 피워라. 떠도는 혼들을 불러 모아 춤추고 노래하게
하라. 달이 뜬다. 어제는 우물 속에서 오늘은 모닥불 속에
서 꿈을 꾸었나니. 지난날 배운 것은 모두 물에 녹아 흔적
없고, 오늘 들은 것은 재가 되어 날아갔노라. 향을 한 모금
마시며 달빛은 풀어지고 흐무러진다. 젖가슴을 드러내고
지상에 단 이슬을 뿌리며 달은 어느새 경전經典 같은 밤을
하얗게 백지로 덮어라. 누가 맥을 놓고 바라보는가. 이제금
저 달이 텅 빈 구멍인 것을.

\>

통정通情

그녀는 낮에는 늘 바쁘단다. 무슨 일이 그리 많은지 두 터운 장부 속에 머리를 묻거나 컴퓨터에 매달려 두드리며 숫자를 확인하다가 부리나케 뛰어다니기도 하는데…… 그 래도 그녀는 가끔 이맛살만 찌푸릴 뿐 번데기처럼 아무 말 이 없다.

밤이면 그녀는 나방으로 변신한다. 날개를 치며 나의 창 을 기웃거리는 그녀는 비로소 애인이 된다. 촉촉이 젖어 드 는 애인의 밤, 나는 꿈 한 닢 입에 물고 집을 나선다. 별이 없는 하늘가에서 나는 난데없는 바람에 휩쓸린다.

꿈

먼지가 겹겹이 쌓인 나의 책, 무덤처럼 적막한 책 속에서 활자들이 꿈틀거린다. 그들이 죽은 종이 밖으로 기어 나와 돌아다닌다. 쓰러진 나무를 타고 넘어 뒤죽박죽 어울리며 그들은 중얼거린다. 나는 누구인가, 책이여. 내 마음의 주 인공은 누구인가. 그대여, 밥을 먹고 집과 직장 사이의 창 자같이 좁은 길을 쉼 없이 왕복하는 그대여, 무슨 꿈인가. 활자들은 술에 취한 듯 비틀거린다. 풀씨가 되어 날고 싶은 마음이 꽃을 피우고 잎새를 틔우고 세상에 푸른 그늘을 드리울 것인지. 우울한 나의 영혼이 이 페이지 저 페이지를 들락거려도 활자들은 끝없이 기어 나오고 중얼거린다.

초야의 몽상

풀밭

쪼잔하군. 왈짜 자슥들이 어린나무를 몽조리 뽑아 간 초원. 그래도 악착같이 남아서 뿌리를 깊이 뻗는 아까시나무. 꽃향기로 벌들을 유혹하네. 부르지 않아도 솔래솔래 빈자리 꽉 채우며 들어서는 풀들. 빗물에 목 축이고 햇볕에 키가 자라며 바람에 흔들려 ㄱㄴㄷㄹ 학구적으로 자라는 풀들. 목이 풀리면 아어오우 소리도 내고 춤을 춘다. 엄맘마, 바람에 출렁출렁 파도를 치는 풀밭. 왕텡이 노 젓고 다니며 이름 불러라. 개망초, 쇠뜨기, 토끼풀, 강아지풀. 싸그리 주민등록 하라네.

진흙

개갈 안 나네. 가도 가도 햇볕 뜨거운 길, 발이 발자국에 달라붙는 뻘밭. 줄다리기하듯 당기던 진흙이 기어이 내 신발을 삼키다. 영원한 인질. 맨발로라도 버티며 걸어갈란다. 싸게싸게 가그라이. 좌우에서 놀리듯 깝죽대는 짱뚱이. 여그 오딘 겨? 걸어도 걸어도 부처님 손바닥 안이라면 차라리 앉아서 가부좌를 틀어라. 진흙 한 점 손에 떼어 들고 불상을 빚는 일이라도 하련만. 새꼽빠지게 손가락 사이로 빠져나가는 찰흙 물고기. 비늘만 남은 손은 비린내 나는 쌍판대기 머드로 위장하면 어떠리.

지팡이

시급하였네, 아주 오래된 지팡이에 기대어 가는 길. 손
때로 맨질맨질해진 지팡이가 자꾸 미끄러지더니 기어이 손
아귀를 벗어났네. 땅바닥을 기다가 머리를 쳐든 지팡이는
구렁이가 되어 혀를 날름거리다가 내 손목을 물고 달아나더
군. 얼마 못 가 다시 잡혀 지팡이로 되돌아온 뱀을 땅에 박
았네. 뿌리를 내릴 때까지 목을 조르고 하얗게 질려 뻣뻣해
지면 놔줘 버려. 그 옆에 호박씨 하나 심어 두니 덩굴이 뻗
어서 휘감고 올라 여기저기 주렁주렁 호박 열리고. 땡잡았
네. 지지배들 몰려와 호박 모자 쓰고 호박 등을 켜고 호박
마차 타고 떠나네.

소나무

타분하여라. 할아버지 무덤 뒤편 근위병 같은 소나무들.
가지마다 바늘은 노상 허공을 콕콕 찔러 대지만 피 한 방울
나지 않고, 실오라기 하나 찾지 못해 바늘귀는 땅바닥에라
도 내리꽂고 싶다. 때가 되면 이웃한 넓은 잎들 훌훌 바람
따라 떠나고 몸살 앓는 소나무. 알밤 입에 물고 쏘다니던 다

람쥐가 나무 그늘에 엎드려 졸면, 바늘들 냅다 뛰쳐나와 그 등에 꽂힌다. 화들짝 깨어나 집으로 온 다람쥐를 피하는 식구들. 알밤 주고 어르며 업어 주겠다는데 새끼들은 기겁하며 토낀다. 오매 무시라, 저건 고슴도치야. 허겁지겁 무덤 옆 망주석에 올라타 바장이다 굳어 버린 새끼 다람쥐들. 떡심 풀린 어미는 영문을 몰라 무덤에 엎쳐 운다.

모자

구접스럽군. 집을 나설 때마다 모자를 찾는다. 색깔은 제각각이지만 마땅히 고르기도 뭣한 낡은 것들. 하나뿐인 머리를 감싸고 지키는 모자이지만 내 머릿속까지 점령한 지 오래다. 모자들은 각기 색다른 관심이 있다. 초록은 산야, 다홍은 애인, 노랑은 논밭, 남색은 잉크를 떠오르게 한다. 오늘은 파랑 모자, 물을 생각하며 해변을 찾으리. 쌔고 쌘 조개를 주우며 파도 소리에 귀를 씻으리. 저녁놀에 물들기 전에 모자는 나를 집으로 데려온다. 내 머리를 떠난 모자는 자리에 누운 나의 뇌를 비우고 비행접시가 되어 날아올라 제멋대로 하늘의 천장을 탕탕 치받는다. 별똥별과 티격태격하다가 부엉이 머리를 지그시 눌러 보다가 여명이 닥치기 전에 돌아온다. 대간한지 현관 옆 둥지에 암탉마냥 앉아

골골거리는 모자들.

털

남사스럽다구. 낮에는 머리털이 자라고 밤에는 아래 털이 자란다네. 피땀에 젖었다 말랐다 어느새 하얗게 세어 온몸을 뒤덮은 털들. 하얀 새가 되었다고 노래 부르다가 죽지를 흔들며 날아 볼까나. 저 날망까지 활개를 칠 테니 냅둬유. 길짐승 무리 하나둘 내 밑에서 고개 숙이고 조아리다가 넉장거리로 쓰러지면 날카로운 부리로 배를 갈라라. 살 속에 고개 박고 내장을 뽑아내다 보면 붉은 꽃물 홀딱 뒤집어쓴 채 신머리. 젖은 털들이 연기 흩어지듯 마구 빠져 달아난다. 어이 빠꺼지 게서 뭐 하나? 저 아래 묘목 같은 얼라들이 손가락질하는데.

육손이

성가시던가. 육대주에서 하나씩 모여 운명을 갈퀴질하는 손가락. 괴물 손이라고 아이들 노는 데 삭퀴 주지 않고 어두운 눈빛으로 손가락질하더라니. 산말랭이 올라간 육손이는 꼬리처럼 새참으로 달린 손가락 하나를 낫질로 떼어 낸다. 딸기색 노을로 덮인 손을 고치처럼 붕대로 감싸고 손가

96

락 무덤도 만들어라. 창백한 찔레꽃이 장례식 화환이 되고 호랑지빠귀가 만가를 불러 줬지만, 밤이 되면 외로운 손가락 귀신은 유택을 떠나 여염을 배회한다. 여기저기 악수하는 손, 약속하는 손가락들 사이로 끼어들어 퉁기며 다니는 여섯 번째 손가락을 혹시 보셨나요?

욕

어랍쇼. 태양은 무겁게 잠이 들었네. 어둠에 갇힌 별장, 태양의 코 고는 소리가 베름빡을 흔들기 시작하네. 옆방에 누운 나는 목까지 욕이 차오른다. 젠장 빌어먹을, 시원하게 욕을 뱉어 올리자. 벌침을 쏘아라. 어제의 욕은 그제와 다르고, 오늘의 욕은 어제와 달라야지. 일신우일신. 얼핏 내 곁에 누군가, 나를 따라 하는 여린 목소리. 피죽도 못 얻어먹어 시르죽어 가는지. 어둠이 차츰 베일을 벗고 뒷걸음질치며 희붐한 여명을 부르는데, 저기 천장에 빛나는 건 밤새 쏘아붙인 침이렷다. 깨진 전등 주위에 위성처럼 자리 잡은 벌 나방. 문득 푸드득 내 곁에서 뒤척이며 일어나는 사람, 온통 침 얼룩진 얼굴을 연경煙鏡과 마스크로 가리고 떠난다. 긴 머리를 끌고 가는 수인의 그림자.

>

벼랑

그가 뛰어내린 곳에서 나무 하나 자란다. 죽어서 식물이
된 사람들은 꽃 피우고 열매 맺고 기대고 앉아 쉴 자리를
만들어 주는 법. 그 둘레에 아프게 깨진 사금파리들이 제
기祭器처럼 모여서 입을 다문 조개들을 품는다. 죽어서 피
는 물이 되고, 그 물이 담긴 해파리를 씹으며, 거북아 거북
아 고개 치켜들고 노래하는 사람들. 누가 그 목을 끊었고,
누가 다시 이을 것인가? 물결은 밤낮 몰려와 절벽을 때리
고 물러간다. 시원한 물소리를 물보라처럼 뒤집어쓰고 사
람들은 다시 서로 마주 보며 알아 가리라. 내 얼굴은 나의
것이 아니니.

사진

왕조의 역사가 새겨진 성터를 거니는 남녀. 수천 년 전
왕과 왕비의 그림이 세워진 자리에 얼굴만 둥그렇게 도려
내 비어 있어, 사람들 몰려들어 자기 얼굴로 빈 곳을 채우
고 사진을 찍는다. 신혼부부가 왕과 왕비로 분장한 사진은
휴대전화로 퍼져 나가 왕국의 추억이 되고, 몇 년 지나 아
내가 하늘로 떠나간 뒤에도 여기저기 생생하게 살아 움직인
다. 안방 체경體鏡에도 남아 미소를 던지는 왕비의 봄, 중독

성 강한 꽃향기를 퍼뜨려라. 왕의 꿈속에 살며 속속들이 바라보고 느끼는 전지적 관찰자.

제5부

새는 공중에서 사라져

새는 아침을 물고 솟구치네
공중에 파문을 그리며 맴돌다
상처투성이의 하늘을 감싸고
붉은 울음을 터뜨리네

하늘에 해는 없다네
다만 새가 토해 낸 피 울음만 있어
괄괄하게 타오르는 꽃 무더기
바람 따라 일렁이며 번져 가네

서천西天을 뒤덮은 붉은 깃발 속
휴지처럼 나부끼는 새의 그림자
실체는 이제 보이지 않는다
누가 새의 마지막 비명을 들었는가?

새는 어이없이 공중에서 사라져
이제 낡은 날갯짓만 남았네
검은 재를 분분히 떨구며
실명한 하늘이 차츰 허물어지네

마음의 정원은

마음의 정원은 늘 겨울이다
아이들이 봄을 데리고 갔는가
빈혈의 아이들이
그럼에도 눈만 충혈되어
별이 빛나는 밤으로 뻗어
신의 호출을 기다릴까
먼 외계의 목소리라도 날아올지
봄은 어디로 갔는지
아이들은 황무지의 밤이다
정원은 이미 거물의 영지이다
스키를 타고 씽씽 달리는
거물의 속도가 세상의 바람이다
흰 눈 사이로 종소리 울려도
마음의 정원에는 아이들이 없다
유감스럽게도…… 피가…… 모자라
눈발이 떠다닌다
피를 물고

화면 속으로

영혼은 바람이 났나 보다. 보금자리를 버리고 늘 외출 중이다. 도시락밥과 표주박 물에 허기져서 영혼은 허름한 집을 떠나 배회한다. 자유롭게 흔들리는 플랑크톤의 영혼은 종일 부적 같은 채널을 돌린다. 슬픈 것도 어두운 것도 엄숙한 것도 싫어라. 사랑하며 싸우고 술에 취해 춤추고 마음껏 노는 것이 좋아라. 다람쥐의 모습을 한 영혼은 화면 속으로 들락날락하며 보기 좋은 세상만을 골라 골라 즐거운 표정이다. 이제 맑은 물에 목욕하고 솔숲에 부는 바람을 쐬며 누리던 열락悅樂은 시들었나니. 육신은 사각의 정글에서 치고받고 피폐해도, 영혼은 전광의 낙원에서 먼 나라의 꿈과 미래의 안식이 깃들어 평화롭다. 그러나 빛이 끊어지면 길을 잃고 어둠에 갇혀 무너지지. 넋이 고갈된 사람들을 어쩔거나. 쥐 죽은 듯 적막해라.

빛나는 것은 모두

백화점에는 쇼핑 나온 사람들이 분주하게 움직이고 있다. 갑자기 한 점포에서 큼직한 입 하나가 튀어나와 혀를 날름거리고는 목청껏 외쳤다. 오 분 동안 치약을 반값에 팔겠습니다! 사방에서 복음을 기다리던 사람들이 우르르 몰려들었다. 이리 휩쓸리고 저리 휩쓸리며 그들은 저마다 치약을 달라고 손을 죽 뻗었다. 아귀다툼 속에서도 유독 그들의 이빨만 누렇게 반짝거렸다. 앞으로도 무구한 세월 동안 열심히 닦고 아귀차게 씹어 댈 그것들이 서로 부딪치며 딱딱거리고 있었다. 어느새 오 분이 지나 할인 판매가 끝남을 알리자 치약을 사지 못한 사람들이 치욕의 거품을 내뱉었다. 풀이 죽은 채 그들은 혀를 내두르며 쓸쓸히 돌아섰다.

이십 년 후 그녀는

그녀는 껌을 팔아서 살았다.
젊어서 남편과 사별한 그녀는
술집과 식당을 전전하며
손님들에게 붉은 손을 내밀다가
안 사 주면 그뿐, 묵묵히
쓸쓸한 뒷모습을 보이며 돌아섰다.
집에는 어미를 기다리는 새끼 새처럼
입 벌린 채 옹송그리는 자식들
먹이고 입히고 가르치기 위해 그녀는
악착같이 부은 다리를 끌고 다녔다.

이십 년 후에도 그녀는 여전하다.
소매 이백 원짜리 껌을 오백 원에 팔며
불쌍한 늙은이 밥도 못 먹고 다닌다고
기본 두 통을 사라고 계속 치근대다가
안 사면 화난 듯이 인상을 찌푸리고
인정머리 없다며 휙 돌아선다.
집에서는 정신과 의사가 된 아들이
제발 그런 일 하지 말라고 사정하지만
아픈 데 없다고 거품 뿜어내며 그녀는
집게손으로 허리춤의 전대를 움켜쥔다.

조용한 노래

그녀는 오래된 지하상가에서 화장품을 판다. 자기 자신도 틈날 때마다 그것들을 열심히 얼굴에 바른다. 이 사랑의 무기로 그대를 뇌쇄하리라. 올페여, 그대는 언제 오려나. 방송은 지상에서 연일 재난 사고가 터진다고 하지만 여기는 아직 조용하다. 다만 습기 찬 방구석에 곰팡이가 피고 그녀의 얼굴에 점점 얼룩이 번질 뿐. 그녀는 계속 닦아 내고 분을 바르지만, 왠지 몸에서 퀴퀴한 냄새가 나는 것 같다. 향수를 뒤발하지만 창백하게 이지러져 가는 그녀의 얼굴. 지하도에는 분주한 사람들의 발길 사이로 쥐 떼가 준동하며 점점 불어난다. 그녀는 숨이 막혀 온다. 노래를 불러 다오, 올페여. 무기는 녹슬고 부식되고 곰팡이가 유리문을 뒤덮는다. 올페여, 어서 와 주오. 아름다운 선율로 이 음습한 동굴 속에서 나를 끌어올려 주오.

물불 가리기

물이 흐른다
산소 같은 여자와
수소 같은 남자가 만나듯
골짜기에 질펀한 물이 흐른다
들꽃이 피고
범나비가 날고
물이 흐르는 길로
사람들이 걸어가고 있다

물이 흐르지 않는다
탄소 같은 치정이 온갖 물상들을
무한의 식욕으로 삼키고
잇자국마다 뜨거운 기운
열꽃 피어나고
연기가 솟구치고
불이 번지는 길로
사람들이 질주하고 있다

유도화

누구는 기다림을 신이라 불렀지.
누구는 환멸을 신이라 불렀지.
슴새가 모래톱 위에 날아와 앉아
잠시 머물렀다 떠나가고,
사람들이 무작정 걷는
안개 속으로 내리는 보슬비가
시나브로 마음마저 부옇게
물들이고 있었다.
사원을 떠나온 먼 길은
떨리는 무릎을 받치지만
휘청거리며 악을 써서
노래라도 부르고 싶은 심정이야
그러나 아무도 없는 듯
너무 조용한 거리
거기에 유도화가 피어 있었다
독을 품고 꼿꼿이 서서
벌, 나비도 끌지 않은 채
환각처럼 깜빡이는 꽃이

꼿꼿한 꽃

꽃은 노래한다
바람이 불어도
눈비가 퍼부어도
꽃은 제 가락에 취한다
눈발이 퍼부어
무지개처럼 허리를 굽혀도
꽃의 노래는 그치지 않는다
향기를 뿜어내며
잎새를 떨구며
단 하나의 줄기만 남아서도
꽃은 지치지 않는다
쓰러지지 않는다
아무래도 미친 꽃은
끝끝내 열기에 혼이 뻗쳐
땅에서 튀어오른다
창천에 꽂히는 꽃
꼿꼿이 선 채로 버티다가
꽃은 흔적 없이 사라진다

버드내 시절

추억은 아무튼 우스웠지
악취 풍기는 냇가에서
제식훈련과
총검술 16개 동작을 하며
세월의 불발탄을 날렸다네
건너편엔 방직공장의 기숙사
야근을 마친 직녀들이 다니는
다리와 둑방을 기웃거리며
동경은 현재와 미래를
방정식으로 풀 것인가
부등식으로 풀 것인가
마지막 시험과 함께
교복과 책가방을 내버리고
썩어 문드러진 냇물을 보며
아폴리네르의 「미라보 다리」를 외웠지

세월은 저 혼자 취했지
공장은 문을 닫고
직녀들은 멀리 떠나가고
새로이 들어선 술집들

주정뱅이가 되어
외상 장부에 목숨을 새긴다네
작부의 젓가락 장단에 맞춰
신나게 노래 부르며
누가 인생을 아름답다 했는가
졸음에 겨운 새벽길을
자꾸 헛디디다가
냇가에서 세월을 토했지
추억도 동경도 모두
냇물을 따라 흘러가고
김민기의 〈아침 이슬〉을 불렀지
문득 배가 고파 오고
출근을 서둘러야 했지

숨은 새

어디선가 새가 노래한다
들릴 듯 말 듯한 소리
뻐꾹뻐꾹 부르면 뻐꾸기
뜸북뜸북 부르면 뜸부기라고
사람들은 말하지만
새는 보이지 않는다

새를 그리는 사람들은
새의 소리를 찾아 명명하였지만
새의 노래가 들리지 않는 곳에서도
새는 늘 새로운 면모로
기적을 울리며 비상하고
잿더미 속으로 추락한다

전주와 굴뚝의 숲 그늘 밑에서
사람들은 리모컨을 누른다
눈물 없이 우는 법으로
어디서든 울어 젖히며 새는
보이지 않는 조롱 속에서
악착같이 날갯짓을 한다

세월의 편력

혁명의 소문이 돌자
애벌레는 꿈틀거렸다
왕도의 품에서
천 년 만에
강물이 젖줄로 변하고
봉황이 울었다

국부의 동상이
땅에 뒹굴다
봄눈에 묻히던 때
허물을 벗고 나비는
눈밭을 날았다
몇천 번의 날갯짓
나지막한 지붕의
고드름을 빨던
가난한 아비 어미와
배추꽃을 피우며

아득한 날
국방색 까마귀가 날고

워커 발이
강산을 짓밟던 날
너는 날개를 잃고
보리밭을 기었다
왕도의 허물어진 성채에서
보리피리 몰래 불며
짧은 봄날의 꿈
꽃도 잎새도
우수수 다 떨어지고

딱지치기를 하다가
젖니를 뽑아 던져도
구슬치기를 하다가
세월의 코를 풀어도
아무도 물을 주지 않았다
간니는 금강산 기암괴석
제멋대로 뻗어 나오고
너는
짐승의 소리를 내며
집을 뛰쳐나갔다

>
돈도 없이
버스를 타고
호떡을 얻어먹고
극장을 구경하고
거리에 침을 뱉었다
낙엽을 구기며
고무신이 창 날 때까지
걸었어도
아무도 널 찾지 않았다
너는 돌아왔다
비를 맞으며
그리고
조련사에게 코를 물렸다

나날이 배달되는 책보
나날이 되풀이되는 구호
긴 세월 언어는 자꾸 낡아 가고
너는 이리저리 끌려다니며
카드섹션을 했다
너의 이름은 5조 12번

카드를 치켜들면
영도자의 초상도
갖가지 표어도 만들어졌다
얼굴이 카드에 가려지면
꾸벅꾸벅 졸았다

어떤 이는 전쟁터에 가고
어떤 이는 간첩이 되고
어떤 이는 사람을 먹고
어떤 이는 지도를 바꿨지만
너는
아무것도 되지 않았다
과학자가 되려고
몇만 번의 실험
지구는 돌았다고 외쳤지만
아무도 듣지 않았다

몇 발의 총성과 함께
해방이 왔다고 했다
너는 마루 끝에 앉아

보리개떡을 먹다가
신나는 장송곡을 들었다
마구 달렸다
온 산이 허리를 펴고
사람들이 모여들었다
새로운 당들이 생겨나고
호랑이와 곰과 사자가
출마한다고 했다
그러나
선거는 없었다
된바람이 한번 몰아치고
천지는 잠잠해졌다

너는 결국
꽃을 배고 싶었다
그러자니
시인이 되는 수밖에 없었다
우울하고 격렬한 시를
때로는 무구한 시도
써 제끼며

차츰 여성이 되어 갔다
성급하게 속옷을 갈아입고
시집을 갔다
자연의 아이
꽃을 낳고
새를 낳고
나무를 낳았다
역사의 아이도 낳았다
소아마비였다
비가 오고 바람이 불어
한순간에
아이들은 모두 쓸려 갔다

너는 속이고 속았다
언어는
길든 그림자만 보여 줄 뿐
곪아서 진물이 흐르고
영양이 부족하여
하늘을 보면 어지럽다
세상에

소금만 귀한 게 아니지만
너는 달려야 한다
야성의 바다로
거칠게
언어를 몰아치며
세월의 고름을 터뜨려야 한다

밤으로의 순례

1
한 사나이가 미쳤다
밥을 먹다가
돈을 세다가
담배를 피우다가
버스를 기다리다가
화투를 치다가
사랑을 하다가
술을 마시다가
세수를 하다가
잠을 자다가
노래를 부르다가
한 사나이가 미쳤다

한 사나이가 뛰었다
벽이 흔들리고
벽이 소리치고
벽이 침을 뱉고
벽이 덤벼들고
벽이 발길질하고
벽이 돌 던지고

한 사나이가 뛰었다

가도 가도 빈집
가도 가도 빈 의자
가도 가도 빈 교실
가도 가도 빈 공장
가도 가도 빈 극장
가도 가도 빈 무대
가도 가도 빈 거울

거리를 지나
낯선 계단을 올라갔다
명함이 뒤쫓고
양복이 뒤쫓고
넥타이가 뒤쫓고
구두가 뒤쫓고
지갑이 뒤쫓고
시계가 뒤쫓고

꼭대기의 방에 들어갔다
방은 무더워

방은 쾨쾨하여
방은 일그러져
방은 사나워
방은 위태로워
방은 어지러워
사나이는 창을 열었다

창문을 통해
뛰쳐나가려는데
갑자기 방이 손을 뻗어
창을 오므렸다
사나이는 목이 졸리어
숨이 막혔다

한 사나이가 죽었다
이미 창도 없어진
꼭대기의 방에서
목이 끊어졌다
머리통은 멀리 날아가고
어딘가에 떨어졌겠지만
남겨진 사나이의 몸뚱이는

돌이 되었다

2
머리통은 굴러갔다
도시에서 도시로
시궁창을 따라
밥풀과
병 조각과
생리대와
비닐을 둘둘 감으며
쉴 새 없이 머리통은
발길에 차이며
차바퀴에 치이며
똥물에 튀기며
소음에 찢기며
매연에 취하며
굴러갔다

세계는 하수구
세계는 쓰레기통
하이에나의 항문에 있어

두 개의 입으로
끊임없이 먹어 대고
끊임없이 지껄이고
부패한 영혼들이
변기통에 버려지거나
굴뚝을 타고 떠오르거나

한 마리 쥐가 나타났다
귀를 세우며
꼬리를 흔들며
머리통을 향해 덤볐다
민첩하게
귀를 물어뜯었다
무슨 맛일까
와작와작 씹어
꿀꺽 삼키었다

쥐의 배 속에서
귀는
무연하게 열리었다
소리가 들렸다

소리가
시냇물 소리
방울새 소리
촛불 타는 소리
잎새를 두드리는 빗소리
꽃 피는 소리
꽃 지는 소리
말발굽 소리
풀피리 소리
온통 뒤섞인 소리가
분간할 수 없는 소리가
멀리서 들려왔다

쥐는
유유히 번지는 소리의
환각에 사로잡혔다
정처 없이
방황했다
한 마리 나그네 쥐는
소리의 출처를 찾아
원전을 찾아

세계의 사원을 방문하고
세계의 경전을 뒤지고

모든 불빛이 몸 감추고
모든 소음이 숨죽이는
어느 추운 밤
문득 떨어지는 별똥이
쥐의 걸음을 멈추었다
마지막 빛이 사라지는
먼 하늘을 바라보며
환각의 소리는
아득한 은하의 흐름
위성의 바퀴 소리를
닮아 갔다

분비나무 고목 아래
나그네 쥐는
기도하는 자세로 앉아
울음이 복받쳤다
찬 이슬을 맞으며
뜨거운 눈물이 흘러

환각의 소리와 뒤엉긴
울음소리는
입에서만 나는 게 아니라
은하의 물줄기에서도
들려왔다
눈물은 쉬지 않고 흘러
개울이 되고
내가 되고
강이 되어 갔다

3
머리통은 여전히 굴러갔다
귀가 떨어진 채
식물의 땅을 찾아
계속 박차를 가했다
바랭이 명아주 쇠비름 여뀌
제멋대로 자라는 벌판을 지나
논둑으로
밭둑으로
과수원으로

>
문득
독한 냄새가 코를 찌르며
얼굴이 따가웠다
눈물이 쏟아지며
기침이 터지며
이게 웬 날벼락이냐
풀벌레들의 주검이
첩첩이 앞을 가로막고
개구리도
미꾸리도
우렁이도 죽어
그것들을 먹은 새들마저
여기저기서
추락하고 있었다
개울가에도
허옇게 배를 드러낸 채
썩어 가는 물고기 떼
머리통은 구르기를 멈추었다
정신이 아뜩했다

늘대 한 마리가 다가왔다

머리통은 발로 툭툭 차 보다가
냄새 맡아 보다가
냉큼
코를 물어뜯었다
그러자 배 속에서
갑자기
이상한 향기가
장미보다 더
본드보다 더
아편보다 더
강렬한 향기가
쏟아져 나왔다
늑대는 마구 취했다
눈앞이 흐려지며
꽃 한 송이가 피어났다
똑같은 향기로 어른거리다가
가까이 가면 사라지는
꽃

늑대는 황야를 헤맸다
꿈같은 날들이여

어렴풋한 영상들이
머릿속에 끝없이 명멸하고
전생의 기억인지
갖가지 환상들이 충돌하며
나비가 되어 꽃잎에 앉거나
새가 되어 열매를 쪼거나
물고기가 되어 꼬리를 치거나
늑대는 비몽사몽
들을 가로질렀다
향기는 시나브로 부드러워졌지만
사라지지 않고
더욱 강렬하게
마음을 사로잡았다

노해를 지나
늑대는
바다 앞에 섰다
물결이 앞발을 적시고
파도 소리가 두 귀를 적셔도
늑대는 수평선만 바라보며
의연히 버티었다

오래간만에
삽상한 바람이 불고
맑은 공기와
부드러운 햇살이
온몸을 감쌌다
그때
수평선에서
은은한 향기가 번져 오고
한 송이 연꽃이 떠올랐다
눈이 휘둥그레지며
입이 쫙 벌어지며
늑대는 물속으로 뛰어들었다

4
머리통이 가는 곳 어디나
전쟁과 살육은 끊이질 않았다
기갈 들린 사람의 입은
무한정 커지며
온갖 짐승과 벌레와 풀꽃과 나무
심지어 돌이나 쇠까지도
삼키다 못해

사람이 사람을 팔아먹고
사람이 사람을 잡아먹고
자식이 부모를
아우가 형을
남편이 아내를
제자가 스승을
후배가 선배를
부하가 상사를
먹고
먹지 않으면 먹히고
과식해서 설사하고
몇몇은 숨어 다니며
남의 배설물만 먹었다

머리통은 아무것도 먹지 않았다
그저 맛만 보았다
세상의 온갖 맛을
모든 생명체의 살맛을
혀로써 감별했다
야망은 달고
동경은 쓰고

추억은 떫고
우정은 시고
지식은 짜기에
살맛이 나지 않는 사람들은
알콜을 폭음하거나
마약을 피우거나
농약을 마시거나
머리통은 갸우뚱했다
이게 무언가

한 아이가 걸어왔다
두 볼에 노을을 담고
두 눈에 호수를 담고
꽃처럼 웃으며
새처럼 노래하며
세상이 신기하다는 듯
귀를 쫑긋하다가
코를 벌름거리다가
냇물에 얼굴을 씻고
징검다리를 건너
숲속으로 사라졌다

>
머리통은 어느새
그 아이의 살맛을 보았다
잠깐 스치면서
느낀 그 맛이야말로
전혀 새로운 맛이었다
짜지도 달지도 시지도 쓰지도 않은
너무나도 생생한
신비의 맛이었다
바로 이거야!
머리통은 처음으로 입을 열었다

머리통은 숲으로 갔다
꽃과 나무들에게
새로운 맛을 이야기했다
생명의 기쁨과
만물의 영혼과
우주의 신비가 담긴
새로운 맛에 대하여
설교할 때
세상의 바람들도
모두 몰려와서 들었다

충만한 감격으로
식물들은 흠칫 몸을 떨며

바람은 머리통의 설교를
온 세계에 전했다
꽃에서 꽃으로
나무에서 나무로
온갖 소음을 뚫고
말은 물처럼 흘러갔다
세상의 식물들은
바람에 흔들릴 때마다
머리통의 말씀을 되풀이했다
하지만
사람들은 알아듣지 못했다
계산기를 두드리다가
옷을 갈아입다가
식칼을 갈다가
사람들은
투덜거리며
낫을 뽑아 들었다
꽃 목을 치고

나뭇가지를 자르고

5
사람들은 잊지 않았다
정권이 바뀔 때마다
사람들은 그이를 기억해 냈다
창문도 없는 꼭대기의 방에
쓸쓸히 누워 있는
그이를
목 없는 사제라고
천 년의 고독 속에서
돌이 되어 버렸지만
사람들은 그이가
언젠가 개벽을 불러오리라고
믿고 싶어 했다

꼭대기의 방을 찾는 사람들은
개성이 뚜렷해서
자본가는 돈을 바치고
왕당파는 벼슬을
혁명가는 칼을

음유시인은 노래를
노동자는 망치를
소녀는 꽃다발을
바치며 각자의 소원을 빌었다
문밖에서
무당은 춤을 추며
모든 억울한 죽음을 대표해서
그이의 영혼을 위로하고
장사꾼은 상품 광고에
그이의 이름을 팔아먹어
떼돈을 벌었다

한 소설가가
그이의 일생을 지어냈다
그이의 동경과 방황을
의지와 결단을
봉사와 희생을
사랑과 고뇌를
극적으로 묘사했다
한 종교가가
그이의 행적을 경전화했다

그이의 이적과 계시가
설교와 예언이
시험과 수난이
박해와 순교가
장엄하게 기술되었다
곧이어
두 사람은 논쟁을 벌였다
재판도 걸었다
결투까지 하였다
그러나 끝끝내
승부가 나지 않았다

누구나 그이의 초상을 그렸다
아무도 그이를 본 사람은 없지만
잘생긴 얼굴로
하지만 표정은 각양각색이었다
낭만주의자는 동경에 가득 찬 눈으로
사회주의자는 의지가 굳은 입으로
가정주부는 소탈하고 인자하게
처녀들은 상냥하고 맵시 있게
모험가는 야성적인 면모를

학자들은 지성적인 면모를
그려 내고
각자가 자기의 그림이 진짜라고
우기며 서로 다투었다

그림의 홍수
말의 홍수
욕망의 홍수
하지만 아무도
그이의 본적을 몰랐다
그이의 본명도 몰랐다

창문도 없는 꼭대기의 방
돌이 된 그이의 곁에
낮에는 새가 와서
밤에는 별이 와서
지켜 주었지만
어디서 왔다 어디로 가는지
아무도 몰랐으며
돌의 심장이 뛰고
돌의 영혼이 울어도

기어이
세상은 아수라로 헛돌고
물큰하게 썩었다

6
머리통은 세상을 등졌다
입을 꽉 다물고
인적이 없는
산속으로
산속으로
깊이깊이 들어갔다

가장 높은 봉우리를 찾아
오르기 시작했다
바람도 지쳐 떨어지고
새도 미치지 못하는
꽃도 나무도 살 수가 없는
우뚝한 산정
사철 눈에 덮인 채
침묵으로 계시하는
지구의 정수리에

드디어
도달했다

눈을 부릅뜨고
하계를 내려다보았다
세상은 어두워
눈에 불을 켠 사람들이
싸우고 뒹구는 것이었다
다시 눈을 치켜뜨고
안면에 힘을 주었다
순간
대포 소리를 내며
두 눈동자가 튀어 나갔다
하늘의 양 끝에 박히어
한 눈은 해가 되고
한 눈은 달이 되어
세상을 노려보고 있었다

머리통은 마지막 남은 혀를
깨물었다
끊어진 혀를

공중으로 뿜어내자
머리통은
재가 되어 부서졌다
혀는 중천에 떠서
구름이 되었다
핏빛 구름
갑자기
우레 소리를 내며 구름은
비를 퍼부었다
붉은 비를

비 맞은 건물이 무너지고
비 맞은 기계가 망가지고
비 맞은 생물이 쓰러지고
비 맞은 배가 가라앉고
비 맞은 세계가 비명을 지를 때
해와 달만이
구름보다 높은 곳에서
지켜보고 있었다

꽃과 나무와 새의 노래

송기섭(충남대 교수)

이 시집에서 우리는 꽃과 나무와 새를 만난다. 이 시집
과 마주하여 우리는 그것들을 보는 자가 되었다가 이윽고
듣는 자가 된다. 물론 그것들의 본질 그 자체에 제대로 이
르기까지는 친숙하면서도 그곳으로부터 일탈하는 낯설음
과 마주해야 한다. 통상적인 것으로부터 멀어져 버리고 심
지어 뒤틀려 버린 그것들에 다가서야지만 비로소 그것들
의 이미지를 살피며 그것에 내재된 진실을 마주할 수 있
다. 꽃과 나무와 새, 그 자연 사물들은 첫 시집 『사냥꾼의
노래』와 두 번째 시집 『나는 신대륙을 발견했다』에서도 일
관되게 지시되고 변주되며 시적으로 산출되는 존재이다.
눈과 귀라는 감각 다양성 앞에 마주해 있는 그것들은 바로
그 현전성의 근원적 경험에서 파악된다. 윤형근은 그러한

사물 경험에 근거 짓는 존재의 모험, 즉 시적인 것들이 발생하는 사유를 통해 인간의 세계를 건립고자 한다. 그렇게 그의 시 지음은 사물의 특이한 속성들에게 다가가서 그것을 인간 정신과 접합시키는 사유의 모험이 된다.

윤형근의 시에는 그렇게 꽃과 새와 나무가 들어 있다. 이 자연 사물들은 그의 시가 생명이며 영혼이 되고, 그 노래가 되는 시적 고향이자 그로 인하여 작용하는 사유의 시원이다. "시인이 되는 수밖에 없"던 그에게 '시집'은 "자연의 아이"로 "꽃을 낳고/ 새를 낳고/ 나무를 낳"(『세월의 편력』)는 생성의 장소이다. 여기서 '나무'는 온갖 생명이 깃드는 세계이고, '꽃'은 그 생명들이 지닌 영혼이며, 그리고 '새'는 세계의 밤을 노래하는 시인이다. 꽃과 나무가 시인의 거주를 지탱하면서 감싸 안는다는 것, 이 자연 사물로 되돌려 세움으로써 시 지음은 촉발한다. 새의 노래, 즉 시 지음은 그렇게 자연 사물과 마주쳐 그들 사물의 형식에 거주하는 방식을 말한다. 「조용한 노래」의 "노래를 불러 다오 …(중략)… 아름다운 선율로 이 음습한 동굴 속에서 나를 끌어올려 주오"라는 시 지음의 숭고한 열망, 「어제 읽은 책」에서 "한 줄 시가/ 새가 되어 날아"갔다는 시 지음의 추상적 승화, 그리고 「공은 튀다가」에서 "아직 못부른 불멸의 노래를 찾"는 시 지음에의 고양된 의지는 모두 그 사물들이 담고 있는 사물성의 구역으로 들어갈 때 비로소 성사된다.

그렇다고 시적 대상으로서의 사물이 단순히 꽃과 나무,

새로 한정된다는 것은 결코 아니다. 때로는 수박, 사과, 목어, 풀밭 등이 그것을 대신할 때가 있고, 때로는 수선공, 어머니, 매미, 모기, 토끼 등이 그 자리에 놓일 때도 있다. 현상의 모방으로 소여된 이 대체물들은 분명하게 그 자체의 외재성을 가지고 있다. 그러나 그것들이 사물의 형상을 갖추는 방식은 결국 꽃과 나무와 새가 갖는 물질의 상상력을 벗어나지 않으며 그것에 의해 주어진 질서에 의해 의미가 부여된다. 윤형근의 시에서 포획된 모든 사물들은 시적 언어와 형식이 부과하는 재현의 체계 속으로 편입되며, 물질의 상상력은 단지 비물성非物性에서 작용하는 초월적 이미지를 만들어 냄이 아니라 물성에서 비롯되어 재현의 체계라는 이 준규에 의해 그것의 내면성으로 환원된다.

시적인 것이 사물의 척도를 향해 있음은 시가 하나의 형상을 갖추기 위해 취해야 할 근본 방식이다. 시인은 이 형상을 통해 자신만의 사물성이라 할 비물질적 기호를 발견한다. 사물이 그 본질들을 보존하는 참된 한 형식이 만들어지는 것은 사물의 형상이 지닌 이 정신의 영역이 주어진 까닭이다. 그리하여 사물은 그 자체의 생생한 드러냄이라는 모방론의 이념을 넘어서 재현의 발생에 도달한다. 윤형근의 시들이 담아내는 사물들 또한 이러한 사물의 체계에서만 온전히 그 진실이 드러난다. 그것은 대략 세 방식으로 갖추어지게 된다. 그렇게 사물의 본질들이 시적 형식에 어떻게 거주하느냐에 따라 윤형근의 고유한 시 지음의 방법들이 구완된다.

　한 편의 시는 하나의 형식으로 우리에게 마주쳐 온다. 시가 그 자체의 독자적 형식을 갖추기 위해서는 그것의 내부로 들어갈 모방의 대상이 그것의 원천에 주어져야 한다. 그것은 감각적으로 인지되는 연상적 속성을 지닌다. 그것의 일상적 직접성에 사로잡혀 그것을 생생하게 보여 줌이 모방의 가장 근본적인 논리를 구축한다. 사물의 사물적 차원이 시의 형식 안에 자생적으로 머무는 것은 이러한 미메시스의 이념을 수렴한다.

소나기 한바탕 대지를 두드리고 지나간 오후
물소리 벗 삼아 축축한 숲길을 가네
잠시 숨죽였던 매미, 쓰르라미들 일제히 고개 들어
목청껏 소리를 내지르며 악을 쓰는데
아침 일찍 장에 간 어매는 언제 돌아올까
고갯마루에서 손차양으로 눈썹 그늘지게 하고
아무리 보아도 마을 어귀엔 땡볕만 쏟아지네

길을 내려가면 조그만 연못이 나를 불러
새끼들 등에 업고 헤엄치는 물자라의
아이 달래는 소리 들릴까 귀 기울이다가
멋진 무당춤을 뽐내는 물맴이에게 반하고

물 위를 쏘듯이 질주하는 소금쟁이는

기적처럼 시계 밖의 시간으로 날 이끄네

어매가 날 찾으며 부르는 소리 들릴 때까지

　　　　　　　　　—「비 그친 연못 세상」 전문

　이 작품은 시의 형식이 갖추고 있는 단아한 품격이나 미적 떨림이 사소하고 하찮은 일상의 발길에서 비롯됨을 시작의 동기로 남겨 둔다. 발길에 미학의 힘을 불어넣는 것은 시선의 점이다. 그것이 가 닿는 사물들은 그 순서에 따라 하나의 형상을 얻어 작품의 프레임 속에 배치된다. 발길이자 시선의 주체 '나'는 '어매'의 마중이란 외출의 기능적 목적을 망각하고 감각의 세계를 구현하는 '연못' 내부로 들어선다. 먼저 눈에 와 닿았고 이윽고는 마음을 유혹하는 연못의 '물자라' '물맴이' '소금쟁이'와 마주하여 '나'는 자아와 분리되어 그들에 깊이 빠져든다. '나'는 그 자연 사물들을 전유하고 지배하려는 어떤 시도도 하지 않으며, 자신이 거주하는 어떤 영역도 한정하고 규정하려 하지 않는다. '나'의 타자와의 만남은 이렇듯 자아와의 분리에서 시작됨을 이 사물들과의 관계는 우회적으로 재현한다.

　시적 대상으로서의 세계는 그것으로 향하는 감각이 어떤 목적성을 상실하는 순수의 지대에서 오로지 시적인 것으로 머무를 순수 형태를 내어 준다. "비 그친 연못 세상"이 보여 주는 무시간적이고 초시간적인 진리는 그렇게 목적이란 용도에 얽매일 전승된 의미들을 벗겨 내고 작품 속에서 정립된 미적 섬광으로 포획된다. 반드시 작품의 형식 안에서만 발현되는 이 빛남은 시를 읽는 정동의 찰나적인 충만함이고 열정을 불러온다. "새끼들 등에 업고 헤엄치는 물자라"든 "무당춤을 뽐내는 물맴이"든, 그것은 '나'와 동등한 하나의 모나드가 되어 세계 위에 우뚝 솟아오른다. 시적인 것들이 발현되는 이 섬광의 순간 위에서, 세계의 밤이 지닌 불안과 고통은 불식간에 벗겨져 버리고 '나'는 순진무구하게 마주친 세상의 타자성 안으로 몰입된다.

윤형근에게 모방은 주체의 이념으로 타자를 전유하는 방식이 아니라 타자와의 만남을 통해 바람직한 응답의 방식을 찾는 행위가 된다. 대상을 억압한 기성의 모방 논리에서 벗어나 수동적으로 타자 사물들이 이끄는 방식에 순응하고 반응하는 형식은 그의 시 지음의 첫 번째 방법에 해당한다. 이러한 윤리적 유대감이 그의 시를 일종의 '노래'로 만든다. 진리 혹은 의미의 발생은 자연 사물을 비롯한 외부 세계와 윤리적으로 교감하면서 현실화된다. 그것이 윤리적임은 그러한 관계에 진정한 자유이자 평등이 부여된 까닭이다.

지구는 날로 더워지는 열기에 뒤척이다가
자신을 닮은 초록 숲의 알을 낳았네
녹음으로 줄무늬를 그려 위장한 속에
팔딱거리는 태양의 심장을 빼다 박은 듯

목마른 나날의 열망은 붉게 익어 가네

─「수박 당분의 노래」 부분

익은 벼는 고개를 숙이고
일생의 진자리 내려다보지만
저 위 볼 빨간 문제의 사과는
무슨 설렘으로 지난밤을 되새기는지
떠오르는 해가 살며시 쓰다듬을 때
가지를 박차고 튀어 오를 기세다

─「줄다리기」 부분

노래라도 부르고 싶은 심정이야
그러나 아무도 없는 듯
너무 조용한 거리
거기에 유도화가 피어 있었다
독을 품고 꼿꼿이 서서
벌, 나비도 끌지 않은 채
환각처럼 깜빡이는 꽃이

─「유도화」 부분

　인용된 세 부분들처럼 시적인 것으로서의 사물이 주어
자체가 될 때, 자연이자 타자와 교응하는 윤리적 모방은
더욱 강화된다. 여기에 이르면 시적 자아는 동화적 순진성

에 빠진 듯 사물의 내부로 들어가서 그것이 보여 주는 상상의 세계에 그대로 빠져들어 버린다. 그것들은 "환각처럼 깜빡이는 꽃"이 되어 "박차고 튀어 오를 기세"로 자생적으로 머무는 존재의 함성을 '노래'한다. 이러한 울림이자 빛남 속에서 시적 화자는 당연히 소멸되어 버리고, 그것들은 작품 안에서 사물적 차원으로 사유되면서 그 본질을 열어 보인다. 수박이든 사과이든, 아니면 유도화이든, 그 자연 사물은 누군가에 속박되고 매개되어 세상에 존재자의 존재를 내보이는 것이 아니라 그 자체 사물적 차원을 담지한 외재성의 형태로 은유를 통해서 말하고자 한다. '수박'과 '지구'를 유비하는 물질의 상상력은 윤형근이 자주 사용하는 시적 유희이기도 한데, 이러한 방식은 '사과'와 '해'나 '독'과 '꽃'이란 물성의 병치를 통해서도 이루어진다. 이렇듯 가벼워 보이는 시적 방법에서조차도 우리가 주목할 것은 그것이 사물의 척도에서 물성의 극화를 통해서 시의 형상을 구현하는 방법의 경로이다.

이러한 모방적 재현은 윤 시인이 현실에서 마주한 어떤 것들과 매우 닮은 형상들을 만들어 낸다. 그것들은 시의 세계와 실재하는 삶 사이의 경계를 흐릿하게 무너뜨리고, 현실 속으로 들어가 실제 그 자체와 마주함으로써 작품에서의 현실성, 즉 작품의 완성에 이른다. '수박'이나 '사과'와 같이, 혹은 '유도화'와 같이 시적 대상으로서의 자연 사물들은 그것들의 특성들에 따라 두드러지게 시인의 감각들에 마주해 있다. 이때 시인은 자신의 이념들이나 강도에 따라 그것들을 변용하거나 융합하지 않고 단지 수동적으로 그것들의 속성에 놓여 있다. 그렇게 사물들은 그 특성들을 자신의 본질로 끌어안고 자생적으로 자기 안에 머물러 있다. 윤 시인은 그것에 결코 어떤 주관을 가하지 않으며 그 외재성을 있음 그대로 전달하는 매개자가 되고자 한다. 여기에 동화적 순진성이 개입되며, 그것은 이윽고 그 대상의 타자성을 존중하는 시적인 것의 윤리를 정초한다.

「꽃 피는 시인」을 보면, "숲에서 시인은 길을 놓는다"고 말한다. 그것은 숲길이어야 할 터인데, 그렇다면 하이데거의 '숲길'에 조응하는 것일까? 우리는 그렇다고 말해야만 한다. '숲'으로 향한다고 하여, 그 시인을 자연주의자니 낭만적이니, 더 나아가 생태론자라고 칭한다면, 그 '숲길'을 전혀 이해하지 못한 것이 된다. 여기서 숲길은 존재의 시원으로 영원히 향하는 길이다. 시원은 처음 비롯됨이니 존재의 근원이고 '고원'이고, 누군가에게 고향으로 떠올려지는 바로 그곳이다. 그곳에서 존재자의 존재는 생기한다. 시적 대상의 사물적 척도로 환원되는 시 지음은 그러한 '시원'으로 돌아가 그것에 다시 생명을 불어넣음을 말한다. 시인이 "숲에서" "길을 놓"음은 그러한 수동적 방법만 있는 것이 아니다. 여기에는 사유, 시인의 사유와 시 독자의 사유가 또한 따른다. 사유는 사물들을 표상하기 위한 거의 필수의 과정이자 시적인 의지의 기입이라 말할 수 있는데, 그것이 윤형근 시 지음의 두 번째 방법을 만든다.

> 파도 밀려올 때마다 나는
> 두근거리는 네 가슴을 느끼고 설레
> 나의 갯벌은 깊은 입을 벌리고
> 혀를 휘감는 너의 언어를 맛본다
> 너의 땀과 눈물은 태양 아래 결정을 이뤄
> 새하얀 보석으로 반짝이며
> 나를 생생하게 살아 움직이게 하니
>
> —「염전에서」 부분

> 밤이면 누군가 나의 숙소 주변을 도는 것 같아
> 새벽의 침실을 향해 닥치듯 울리는 발소리
> 달그림자와 박꽃 향기를 데리고 오거나
> 뜨거운 손길과 무인도의 꿈을 안고 오거나
> 사랑의 발자국은 나의 잠을 지켜 주렴
> 아니면 머나먼 유배지로 이끌어 가든지
>
> —「발소리」 부분

여기에 이르면 사물은 윤 시인의 '노래'들에 자주 출몰하는 "내 영혼"으로 흘러들어, 가려지고 때로는 흡수되기조차 한다. '꽃'과 '나무'는 이제 단독자로서의 외적 형태를 벗고 그런 '영혼'과 대화할 내재적 매재가 된다. 그리하여 윤 시인은 그것을 순정하게 바라보고 듣고 감촉하던 자세에서 벗어나 자신의 내부로 가져오고자 한다. 그러한 태도에 의해, "너는 어디서 왔는가" 혹은 "너는 어디에 있는가"는 "내 심신心身"의 '진동'을 느끼고자 하는 타자에의 저항이나 심지어 공격이 되어 버린다. 작품 「보이지 않는 너」의 '나'란 '영혼'의 위상은 여기 인용된 두 편의 시들에도 그대로 적용된다. 자연 사물에 가졌던 감각들의 열정이 시인의 사유와 봉합될 때, 그것은 시의 형식에서 비물질적 기호가 되고 만다. 비물질적 기호는 정신의 힘을 통해 끊임없이 부정되어야 할 의미이기도 하지만 어느 한 순간 돌연한 공감적 미학으로 고정되어 현실화되어야 할 그런 시의 의미이기도 하다.

영혼의 관념이라고 하더라도 그것을 감싸는 '나'는 물론 다른 것들, 실존하는 다른 것들에 의해 보존된다. 「발소리」와 「염전에서」의 '나'들은 그렇게 형식에 의해 구성된 하나의 관념, 즉 정신의 힘이고자 한다. 다른 것들이란 '나'를 둘러싸고 있는 외적 세계이자 그것을 구현하고 있는 사물들이다. 사물들은 여전히 시 지음의 대상이며, 시가 형식이 될 때 그곳에서 모방적 재현을 이루는 질료이다. 그러나 영혼의 '나'에게 그 사물들은 사물적 척도가 실패하는 그 지점에서 다시 활성화된다. 그것은 사유이고 그것이 관념의 모험을 불러오는 바, 이렇듯 '나'의 능동적 에너지에 의해 사물은 정신을 실현할 하나의 기호가 된다. 「발소리」에서의 '달'이나 '박꽃', 「염전에서」에서의 '갯벌'과 '염전'이 그러한 사물성의 전이 혹은 전도를 보여 주는 기호이다. 박꽃이나 염전은 타자의 세계에 있다가 '나'의 '영혼'에 들어오면서 그것의 주름이 되어 버린다. 영혼의 주름이란 사유 혹은 관념의 풍요로움을 먼저 수식하는데, 그러한 은유가 가능했던 것은 사물들의 비밀을 닮음의 형식으로 포착했기 때문이다.

"너의 언어"는 "나를 생생하게 살아 움직이게 하"는 사물과의 관계하기 혹은 마주하기로 작용하며 이러한 시 지음의 방법을 규정한다. 그리하여 윤형근 시의 또 다른 하나의 세계는 황동규가 일찍이 지목한 "생각의 재미", 즉 사유의 모험이 된다. 사유가 시적 재현의 한 형식이 되면서, 그것은 시를 더욱 추상으로 치닫게 이끌고 그런 만큼 시를 어렵게 만들기도 한다.

한 줄의 시가
새가 되어 날아간다
표창처럼 날아가 달에 꽂히는 제비
하얀 날개로 해를 가리는 고니
하늘의 멱살을 움켜쥐는 보라매
구름은 새들의 말풍선으로 피어난다
—「어제 읽은 책」 부분

시곗바늘이 그녀의 가슴에 꽂혀 있네

나를 보고 두근대던 심장은 멈추었고

핏물을 뒤집어쓴 새 한 마리

상처를 헤집고 나와 구슬피 우짖네

눈물같이 내리는 비에 씻긴 은빛의 새는

그녀의 혼을 싣고 무지개를 넘어

만가 부르며 먼 하늘로 날아가네

그녀 목소릴 닮은 새의 노래 자취 남아

—「묵시의 시간」 부분

나는 가슴 속에 손을 넣고

손에 잡히는 따뜻한 몸뚱이를 꺼냈지

손을 펴면 곧장 날갯짓하며 날아올라

새소리는 내 귓전을 계속 두드리고

나는 다시 가슴에 갇힌 새를 풀어 주지

날리면 새는 또 생겨 내 손 차츰 뜨겁고

이제 가슴뼈는 부스러져 재로 가라앉지만

그 안에서 끊임없이 새로 태어나는 새들

—「새를 날리며」 부분

사물의 고유성이 비틀려지고 일그러지는 이 변형이자 전치의 원인은 그것의 바깥에서 그것의 존재를 인식하는 '나'의 관념에 있다. 말과 사물을 분리시키는 시의 질서 속에서 일상의 의미는 별 소용이 없어진다. 그리고 "달에 꽂히는 제비"나 "하늘의 멱살을 움켜쥐는 보라매"와 같은 낯선 기호의 조합이 일어난다. 사물에 새로운 언어 기호를 부여하는 시의 체계는 그대로 '새'가 환기시키는 자유이자 생명 운동의 거처가 된다. 그러한 창조이자 생성의 시공간에서 '달'은 '제비', '해'는 '고니', '하늘'은 '보라매', 그리고 '새'는 '말풍선' 혹은 '구름'이 되는 은유가 구비된다. 이러한 닮음을 찾아내는 능력이 "어제 읽은 책"에서 오려니와, '책'은 사유의 원천이자 그 자체로 대리 보충할 근거가 된다. 윤 시인은 새를 보면서, 그것이 지니는 자유로운 움직임의 이미지에서 시적인 것의 그러한 부림이 얼마든 가능하다는 영감을 얻는다. 그렇게 새는 단순히 자유에의 동경이나 환상이 아니라 생명의 진실을 설계하고 창안할 시적인 것의 표상으로 시의 표면에 반복 출현한다.

'새'가 '나'의 영혼이자 또는 누군가의, 무엇인가의 영혼임을 지시하는 「묵시의 시간」과, 그 영혼은 죽음을 넘어 다시 생명으로 날아가는 것임을 알리는 「새를 날리며」를 보면, '새'는 존엄한 침묵 속에 잠겨 들다가 비상하는 자족적 펼침이 된다. 이 펼침은 침묵이란 접힘, 그 사유의 주름들에서 생성된 진리—사건을 말하는데, 윤 시인은 그것을 '노래'라 지칭한다. 그것은 '나'가 되었든 사물로서의 타자가 되었든 자기 고유의 심연에서, 자기 향유를 토대로 솟아오르는 영혼의 노래이다. 그런데 이러한 시 지음의 방법에서 하나 주목할 것은 영혼의 '노래'를 음송함이 아니라 이야기로 구상하려 한다는 점이다. 여기서 사물은 일종의 형상 지어진 질료로 어떤 의도 아래 지배되는 존재자라는 용도를 갖춘다. 사유의 놀이에서 제작되는 이야기는 말과 사물을 심하게 분리시켜 시적 체계에서만 의미작용하는 비물질적 기호를 만든다. 이것이 윤형근 시인의 시 지음에서 빚어지는 세 번째의 방법을 특징짓는다. 여기서 시적 질료로서의 사물들은 형상의 특별한 윤곽에 따라 재배치되며 시의 체계 안으로 들어온다.

동화적 상상력에서 비롯된 윤 시인의 알레고리 시편들은 이러한 시적 방법을 사용할 뿐만 아니라 그것을 도저히 밀고 나간 결과이다. 「매미는 매미다」 「토끼송」 「달팽이각시」 「파리 영가」 등, 이미 제목에 우화임이 표시되어 있는 일련의 작품들에서 먼저 알아챌 것은 재현 대상의 부재, 즉 이야기에 내재하는 사물과 의미의 분리이다. 이러한 불일치는 사물의 체계에 인간을 편입시키는 아주 오래된 교화적이자 또한 시적인 수법에 속한다. 윤 시인에게 그러한 달리 말하기는 우화라는 이야기 형식에 기대어 진행된다. 표면과 이면이 불일치하는 영화를 '영화 우화'라고 불렀듯이, 이러한 시들을 또한 '시 우화'라 부름이 좋을 법하다. 부재이고 분리를 내비치는 이 불일치는 부정적인 것들을 통해 새로움의 발생을 불러오는 것이지 실체의 실존을 깡그리 거부함이 아니다. 사물성으로 환원되는 윤 시인의 첫 번째 방법인 사물이 자신을 드러내는 방식은 그렇게 나머지 두 방법들의 근저에서 여전히 작용하고 있음을 상기해야만 한다. 윤형근의 시는 물질이라는 제재를 지탱

해 주면서도 동시에 그것의 영혼이라 부를 비물질성을 향
해 있기 때문이다.